Sabine Rahn
Liebe – oder was?

Sabine Rahn

Liebe – oder was?

Klopp · Hamburg

In dieser Reihe sind bei Klopp erschienen:

Marliese Arold: Verlieben verboten!
Sabine Rahn: Liebe – oder was?
Henriette Wich: Zwei Zicken haben Zoff

Einband von Beate Fahrnländer
Reihengestaltung von Eva Schöffmann-Davidov
Satz: Dörlemann Satz, Lemförde
Reproduktion: Die Litho, Hamburg
Druck und Bindung: Clausen & Bosse, Leck
Printed in Germany 2003
ISBN 3-7817-1770-4

www.klopp.biz

Inhalt

Geisterstunde auf dem Friedhof

»Komm, lass uns die Abkürzung über den Friedhof nehmen«, schlägt Karlotta vor.

»Was?«, fragt Calvin zurück, »Jetzt, mitten in der Nacht?«

Karlotta grinst. Sie geht einen Schritt auf Calvin zu und legt ihm beruhigend den Arm um die Schulter.

»Hast du etwa Angst? Ich halte dir natürlich gerne das Händchen«, spottet sie. »Aber ich weiß schon, nachts auf dem Friedhof … Bei all den Gerippen, die hier herumgeistern, sobald es dunkel wird!«

Karlotta legt den Kopf schräg und lauscht. »Pst! Hörst du sie auch schon mit den Knochen rasseln?«

Calvin wird rot. »So ein Quatsch!«, sagt er heftig und dreht sich unter ihrem Arm heraus. »Ich dachte nur, fünf Stunden Friedhof jeden Tag sind eigentlich genug.«

Karlotta hebt die Arme über den Kopf und macht »Buhu, huhu!« Sie kichert.

Aber Calvin lässt sich nicht so schnell unterbuttern. »Jetzt tu bloß nicht so, Schlotterlippe! Wer von uns beiden hat sich denn letzte Woche geweigert, alleine von Linus nach Hause zu laufen, hä?«

»Das war nur, weil wir vorher Gruselfilme gesehen hatten!«, verteidigt Karlotta sich.

»Ich musste sogar mit dir bis an die Haustür gehen«, erinnert Calvin sie triumphierend und pikst Karlotta mit dem Zeigefinger in die Rippen.

Karlotta quiekt auf. »Nicht kitzeln!«, schreit sie und rennt los. Calvin versucht, sie festzuhalten, aber er bekommt sie nicht richtig zu fassen, und sie kann sich losreißen. Sie ist entsetzlich kitzlig – das hat Calvin leider schon damals im Kindergarten ganz schnell herausgefunden!

Karlotta stemmt sich fest gegen das große schmiedeeiserne Friedhofstor. Es quietscht leise, als es aufschwingt und sie hindurchschlüpft.

»Hey, Karlotta!«, ruft Calvin. »Warte doch!«

Aber Karlotta dreht sich nicht einmal um. Sie rennt los, und nach wenigen Schritten hat die Dunkelheit sie verschluckt.

Die Zweige bewegen sich sacht im Nachtwind, ab und zu glitzert kurz ein Stern durch eine Lücke im dichten Laubdach. Ansonsten ist es unter den Bäumen stockdunkel.

Karlotta rennt noch ein gutes Stückchen weiter. Unter ihren Schritten knirscht der Kies. Das klingt in der nächtlichen Stille so laut, dass Karlotta jetzt lieber langsamer geht.

Vom Eingang her hört sie, wie Calvin immer wieder ihren Namen ruft. Doch sie will einfach nicht, dass er sie jetzt einholt und findet. Von wegen Schlotterlippe! Als ob sie ein Angsthase wäre!

Sie verlässt den breiten Kiesweg und bewegt sich leicht geduckt links zwischen den Grabsteinen hindurch. Auf einem der Gräber duftet es ganz stark nach Jasmin. Sie bleibt kurz stehen. Die weißen Blütendolden schimmern milchig, und der Duft hüllt Karlotta ein wie ein zarter Schleier.

Vor zwei Wochen war Vollmond. Heute hingegen scheint der dünne Sichelmond nicht wesentlich heller als die stecknadelkopfgroßen Sterne.

Karlotta läuft weiter zwischen den Gräbern hindurch. Ab und zu nimmt sie aus den Augenwinkeln eine Bewegung wahr. Aber wenn sie den Kopf wendet, ist sie sich nicht mehr sicher, ob sie wirklich Calvin gesehen hat. Es könnte genauso gut ein schwankender Zweig gewesen sein. Oder ein Tier: eine Eule, ein Igel oder Fledermäuse.

Denn Gespenster, so sagt sie sich selbst ganz energisch, gibt es weder hier auf dem Friedhof noch sonst irgendwo!

Trotzdem hat sie ein mulmiges Gefühl in der Magengegend und sieht sich immer wieder um.

Plötzlich hört Karlotta Calvins knirschende Schritte auf dem Kiesweg. Sie klingen ganz nah. Es hört sich an, als ob er direkt neben Karlotta her geht. Sehen kann sie ihn im Dunkel der Bäume jedoch nicht. Karlotta grinst. Auf die Idee, dass ich direkt neben ihm her laufe, kommt Calvin bestimmt nicht!, denkt sie zufrieden.

Calvin rennt zwar nicht, aber er geht zügig. Ab und zu bleibt er stehen – dann bleibt Karlotta ebenfalls stehen, obwohl ihre Schritte auf den weichen Erdpfaden zwischen den Gräbern sowieso kaum zu hören sind.

Plötzlich hört sie von der anderen Seite ein leises Räuspern und dann ein verhaltenes Schluchzen.

Karlotta bleibt ruckartig stehen.

Was war das? Ist da jemand?

Von rechts hört sie immer noch Calvins knirschende Schritte auf dem Kiesweg. Aber das würde ja bedeuten …

Karlotta bekommt eine Gänsehaut. *Wenn* es wirklich Calvin ist, der dort entlanggeht, wer hat dann hier eben geschluchzt? Und wenn es *nicht* Calvin ist, wer läuft dann auf dem Kiesweg neben ihr her?

Ihr Herz schlägt sofort schneller, so, als wolle es davonlaufen. Aber Davonlaufen geht nicht, denn schon hockt die Angst lähmend in ihrem Magen wie eine extragroße Portion Spagetti. Schwer wie ein Klotz.

Rennen absolut unmöglich.

Karlotta schluckt. Mit puddingweichen Beinen geht sie langsam und vorsichtig weiter. Dabei schaut sie sich immer wieder um. Ein zusätzliches Paar Augen im Hinterkopf wäre jetzt ideal, denkt sie und schaut sich schon wieder um. Auf einmal sehen die Grabsteine aus wie geduckt lauernde Monster und Mörder.

Sie denkt an die grässlichen Filme, die sie alle zusammen letzte Woche bei Linus gesehen haben. Egal, ob es sich um Vampire, Zombies, Gangster oder bösartige Geister gehandelt hat: Die Gefahr für die schöne Frau kam immer von hinten. Und immer dann, wenn sie gerade nicht hinschaute.

Auf einmal flackert nur wenige Meter schräg links vor ihr etwas auf. Eine leuchtende, bleiche Gestalt, gehüllt in einen langen Schleier weißer Haare, kommt direkt auf sie zu. Das blasse Gesicht ist völlig ausdruckslos, aber die blutleeren Lippen murmeln tonlos etwas, das Karlotta nicht verstehen kann. Zwei gespenstisch dunkle Augen blicken sie direkt an.

»Aaaargh!«, schreit Karlotta.

Die leuchtende, bleiche Gestalt wendet ruckartig den Kopf, erlischt und gibt in der Dunkelheit ein gefährlich klingendes, gurgelndes Geräusch von sich.

Karlotta bleibt nicht stehen, um abzuwarten, was als Nächstes passiert. Sie rennt los. So schnell sie kann. Quer über die Gräber, zurück auf den Kiesweg.

Schnell hat sie Calvin eingeholt. Er dreht sich um und ist offenbar ziemlich erleichtert, sie zu sehen.

»Karlotta! Da bist du ja! Was ist …«

Aber Karlotta bleibt nicht stehen. Sie packt ihn im Vorbeilaufen am T-Shirt, zieht ihn mit und schreit nur: »Renn!«

Das klingt so eindringlich, dass Calvin ihr ohne weitere Fragen zu stellen folgt.

Die beiden rennen ohne ein Wort nebeneinanderher. Karlotta immer noch so schnell sie kann. Ab und zu schaut sie sich gehetzt um. Aber sie kann nichts erkennen. Die Dunkelheit unter den Bäumen ist undurchdringlich.

Als sie am großen schmiedeeisernen Tor auf der anderen Seite des Friedhofs ankommen, wirft Karlotta sich mit aller Wucht dagegen. Viel zu langsam schwingt das schwere Tor auf. Karlotta quetscht sich hindurch, sobald der Spalt breit genug für sie ist, und rennt weiter. Erst unter dem beruhigenden Licht der ersten Straßenlaterne bleibt sie stehen. Sie stemmt die Arme in die Hüften, geht ein paar Schritte langsam im Kreis und schnauft heftig.

Calvin stützt die Hände auf die Knie und beugt den Oberkörper vor. Auch er ist ziemlich außer Atem.

»Was … ist denn … los?«, keucht er.

Karlotta setzt sich auf den Bordstein, kann aber nicht gleich antworten. Hier unter der hellen Straßenlaterne und mit Calvin an ihrer Seite kommt es ihr auf einmal ziemlich albern vor, dass sie eben so panische Angst gehabt hat. Und wovor eigentlich?

Für jeden anderen hätte sie sich jetzt irgendeine einigermaßen plausible Geschichte einfallen lassen. Aber erstens kennt Calvin sie einfach zu gut – er hat eine untrügliche Antenne dafür, wann Karlotta ausweicht oder nicht die Wahrheit sagt. Und zweitens ist er schließlich ihr bester Freund, und vor dem kann man schon mal etwas zugeben.

Trotzdem ergreift sie vorher noch ein paar Sicherheitsmaßnahmen. »Aber du musst versprechen, dass du mich nie damit aufziehen wirst!«, verlangt sie.

»Ich werde dich niemals damit aufziehen!«, verspricht Calvin.

»... und dass du nicht lachst!«

»Ich werde auf keinen Fall lachen!«

Karlotta schweigt. Dann gibt sie sich einen Ruck. »Na gut ... Ich weiß eigentlich selbst nicht genau, was es war. Ich bin zwischen den Grabsteinen entlanggegangen. Plötzlich ist direkt neben mir ein Licht aufgeflackert, und dann war da dieses unheimliche Ding. Es hat mich mit blutunterlaufenen Augen angesehen und wollte nach mir greifen ... glaube ich ... Aber da bin ich schnell abgehauen.«

Calvin sieht sie misstrauisch von der Seite an.

»Willst du mich jetzt auf den Arm nehmen?«, fragt er.

»Nein, echt nicht!«, versichert Karlotta.

Sie kreuzt den Mittelfinger über den Zeigefinger und den

Ringfinger über den kleinen Finger und legt die Hand dann aufs Herz. Das ist schon seit Kindertagen das Zeichen für absolute Aufrichtigkeit.

»Und was soll das gewesen sein?«, fragt Calvin, trotzdem noch nicht so ganz überzeugt. »Ein Geist? Ein Vampir? Ein Zombie? Willst du etwa allen Ernstes behaupten, dass es hier auf dem Friedhof nachts spukt?« Er lächelt spöttisch.

»Ach, weiß ich doch auch nicht!«, murmelt Karlotta verlegen. »Auf jeden Fall hab ich einen riesigen Schreck gekriegt.«

Jetzt kommt sie sich allerdings doch ziemlich blöd vor. Dabei hatte sie Calvin ja eigentlich beweisen wollen, dass sie durchaus kein Angsthase ist.

Sie steht auf. »Komm, lass uns gehen. Wenn ich zu spät nach Hause komme, krieg ich Ärger!«

»Na, dann kann ich nur hoffen, dass dein Gespenst den Friedhof nicht verlassen kann. Stell dir vor, es verfolgt uns weiter und findet heraus, wo wir wohnen«, spottet er.

Die Angst von vorhin kriecht sofort wieder in Karlottas Zehen und Fingerspitzen. Sie sieht Calvin entsetzt an – ehe sie merkt, dass er sich nur lustig über sie macht.

»Das gilt nicht!«, ruft sie empört.

»Aber selbst wenn … ich halte dir gern das Händchen!«, zitiert Calvin und streckt ihr mit einem ganz eigentümlichen Ausdruck in den Augen seine Hand hin.

Karlotta ignoriert sein Angebot. »Du hast versprochen, dass du mich nicht damit aufziehst!«, erinnert sie ihn.

»Buhu, huhu!«, macht Calvin trotzdem.

Karlotta boxt ihn auf den Oberarm.

»Aua!«, ruft Calvin. »Schon gut, ich sage ja schon nichts mehr.« Er steht nun auch auf. »Okay, lass uns gehen. Morgen früh um sieben müssen wir schließlich schon wieder hier sein. Vielleicht finden wir ja dann noch eine Spur von deinem Geist.«

Karlotta wirft ihrem Freund einen warnenden Seitenblick zu, und Calvin legt ihr mit einer versöhnlichen und zugleich beschützenden Geste den Arm um die Schulter.

Karlotta ist überrascht. Das hat Calvin bisher noch nie getan. Aber sie schiebt seinen Arm nicht weg.

Vor dem Haus, in dem Karlotta wohnt, bleiben sie stehen, immer noch nahe beieinander. Calvin streicht ihr eine Haarsträhne aus der Stirn. Er beugt sich zu ihr hin und schaut ihr in die Augen.

Karlotta dreht sich verlegen aus seinem Arm und läuft schnell zur Haustür. Erst dort wendet sie sich um und ruft leise: »Bis morgen! Holst du mich ab?«

»Mach ich!«, ruft Calvin ebenso leise zurück und winkt Karlotta noch mal zu.

In ihrem Zimmer macht sie mit ihrer Polaroidkamera noch ein Foto von sich, ehe sie ins Bett geht. Sie sieht blass aus auf dem Bild, und die Haare fallen ihr wild ins Gesicht.

Zirka 1 Stunde nach meiner ersten Begegnung mit einem Geist!, schreibt sie mit Filzstift auf die Rückseite.

Dann pinnt sie das Foto zu den übrigen Selbstporträts an die Innenseite der Tür ihres Kleiderschranks.

Blonder Engel mit Sonnenbrille

Um zehn Uhr ist Frühstückspause auf dem Friedhof. Bis dahin hat Karlotta schon ihre erste Literflasche Wasser leer getrunken.

Sie legt jeden Abend zwei Plastikflaschen mit Wasser in die Kühltruhe, die sie dann gefroren morgens mit zur Arbeit nimmt. Meistens legt sie eine der beiden Flaschen auf dem Friedhof sofort in die Sonne, denn das Eis taut gar nicht so schnell auf, wie sie Durst hat.

Heute muss sich Karlotta schon wieder seit fast drei Stunden den Spott ihrer männlichen Kollegen anhören, weil sie natürlich entsprechend oft aufs Klo muss – obwohl sie das Gefühl hat, dass sie jeden Tropfen, den sie trinkt, bei der Hitze sowieso sofort wieder ausschwitzt.

»Wie lange noch?«, fragt Karlotta.

Sie trägt nie eine Armbanduhr. Und die goldene Taschenuhr von ihrem Opa, die sie sonst immer an ihrer Jeans hängen hat, nimmt sie zum Unkrautjäten auf dem Hauptfriedhof lieber nicht mit.

Calvin stützt sich auf die Harke und schaut auf seine Armbanduhr. »Eine halbe Stunde«, antwortet er.

»Dann muss ich vorher noch mal«, murmelt Karlotta. Sie lässt ihre Harke fallen und drückt sich die Hände ins Kreuz.

»Ich werde bestimmt nie wieder richtig aufrecht gehen können, wenn ich mit diesem Ferienjob hier fertig bin«, stöhnt sie.

»Denk an die neue Kamera, die du dir von dem Geld kaufen willst!«, meint Calvin aufmunternd.

»Die werde ich gar nicht benutzen können, wenn ich nur noch gebückt herumlaufen kann«, jammert Karlotta. Sie hebt ihre Hände mit den Handflächen nach außen. »Und mit diesen Schwielen und Blasen kann ich wahrscheinlich nicht einmal auf den Auslöser drücken ...«

Sie seufzt und stakst wie ein Storch aus dem Rosenbeet, in dem sie gerade arbeitet, vorsichtig darauf bedacht, sich weder an den Dornen die Beine zu zerkratzen noch eine der Blüten oder Knospen abzubrechen. Sie legt ihren Strohhut auf den welkenden Haufen Unkraut, damit wenigstens auf dem kurzen Stückchen bis zum Klo mal wieder Luft an ihre nass geschwitzten Haare kommt.

Am ersten Tag haben Karlotta und Calvin sich noch standhaft geweigert, die albernen Sombreros aufzusetzen, die die beiden Gärtner für sie mitgebracht hatten. Aber mittlerweile ist es ihnen egal, wie sie aussehen. Hauptsache, die Sonne brennt ihnen nicht mehr die ganze Zeit direkt aufs Hirn!

»Schon wieder 'ne Pinkelpause?«, fragt Alexander anzüglich.

»Du gehst doch nur deshalb so oft, weil du dich vor der Arbeit drücken willst«, behauptet Oliver – wie jedes Mal, wenn Karlotta wieder in Richtung Friedhofsklo steuert.

Oliver und Alexander arbeiten beide fest angestellt beim

Blumen-Diehl, dem Ferienjob-Arbeitgeber von Karlotta und Calvin. Karlotta mag die zwei eigentlich ganz gerne – außer manchmal eben, wenn sie sie gerade mal wieder aufziehen.

»Das ziehen wir dir alles vom Lohn ab!«, droht Oliver grinsend.

»Könnt ihr euch nicht mal neue Sprüche einfallen lassen?«, fragt Karlotta. In Gedanken fügt sie hinzu: Ich mache ja auch nicht jedes Mal eine blöde Bemerkung, wenn einer von euch sich breitbeinig vor einen Busch stellt und »düngt«! – Aber sie sagt das lieber doch nicht laut. Peinlich genug, dass die beiden so was so ungeniert machen, da muss sie ja nicht auch noch unbedingt darüber reden!

Karlotta ist froh, dass Calvin wenigstens bei *diesen* Sticheleien nie mitmacht. Außerdem hat er wider Erwarten tatsächlich Wort gehalten und bisher weder ihre panische Flucht noch das Gespenst von gestern Abend erwähnt. Obwohl er einige Male schon *sehr* anzüglich gegrinst hat! Aber das hat Karlotta ihm ja leider nicht ausdrücklich verboten.

Das Klo ist in der Mitte des Friedhofs, neben der Leichenhalle und der kleinen Friedhofskapelle. Karlotta ist jedes Mal wieder überrascht, wie viel schon vormittags hier auf dem Friedhof los ist. Spätestens ab acht fällt ein Heer alter Damen auf dem Friedhof ein, um die Gräber ihrer Liebsten zu gießen. Neben den Wasserstellen sitzen sie dann anschließend auf den Parkbänken, plaudern miteinander und tauschen Zeitschriften oder Marmeladenrezepte aus.

Manche kommen jeden Tag und begrüßen Karlotta schon wie eine alte Bekannte.

»Für die alten Damen ist der Friedhof das Gleiche wie für uns das Jugendzentrum«, hat Calvin letztens gemeint. Und Karlotta muss ihm Recht geben. Mit dieser Bemerkung hat er wahrscheinlich voll ins Schwarze getroffen.

Als Karlotta vom Klo kommt und gerade noch die nassen Hände ausschüttelt, ruft jemand ihren Namen.

»Hallo, Karlotta! Warte mal!«

Karlotta dreht sich überrascht um. Es ist Frau John. Mit ihr hat Karlotta sich schon öfter unterhalten. Die alte Dame sitzt auf der schattigen Bank neben der Wasserpumpe und winkt. Als Karlotta zu ihr hinübergeht, kramt Frau John schon in ihrer großen ledernen Einkaufstasche und holt eine braune Obsttüte hervor.

»Ich habe euch heute ein paar saftige Pfirsiche mitgebracht«, sagt sie lächelnd. »Ich hoffe, sie schmecken euch.«

»Danke, Frau John«, sagt Karlotta erfreut. Die alte Dame hat den vier Friedhofsgärtnern schon öfter mal Obst geschenkt. »Wie nett von Ihnen! Wir haben zum Glück gleich Frühstückspause. Da werden sich die anderen bestimmt auch freuen.«

»Schön! Dann noch viel Spaß bei der Arbeit.« Frau John nickt lächelnd und wendet sich dann wieder ihrer Freundin zu.

Karlotta kann die reifen Früchte durch das Papier riechen. Im Gehen macht sie die Tüte auf. Es sind vier große, pelzige Weinbergpfirsiche, die mit dem weißen Fruchtfleisch, die Karlotta besonders gerne mag. Ihr läuft schon das Wasser im Mund zusammen.

Auf dem Rückweg macht sie einen kleinen Abstecher in die Gegend, wo sie gestern »ihr Gespenst« gesehen hat.

Der große steinerne Engel schaut mit seiner Lilie in der Hand milde lächelnd auf Karlotta herab. Und es riecht auch jetzt wieder intensiv nach Jasmin. Karlotta kann gar nicht genau sagen, wonach sie sucht. Einem herausgerissenen Eckchen Betttuch vielleicht?

Quatsch!

Hinterlassen Geister überhaupt Spuren?

Karlotta findet hier zwischen den Gräbern weder Spuren von sich selbst noch welche von dem Gespenst: keine Fußabdrücke, keine Stofffetzen, keine fluoreszierenden Gespensterschleimspuren – nichts.

Gerade als sie wieder umkehren will, lenkt ein Lichtreflex unter einer ausladenden Kastanie Karlottas Aufmerksamkeit auf ein Mädchen mit hüftlangen, blonden Haaren. Eine große dunkle Sonnenbrille und eine tief in die Stirn gezogene Schirmmütze verdecken ihr Gesicht fast völlig. Sie sitzt im Halbschatten auf der Umrandung eines Grabes und liest.

Seltsamer Ort zum Lesen, denkt Karlotta. Und: tolle Haare!

Das Mädchen schnieft. Sie holt ein Taschentuch aus der Potasche ihrer Shorts, putzt sich die Nase und wischt sich – ohne die Sonnenbrille abzunehmen – über die Augen.

Karlotta starrt das Mädchen fasziniert an. Sie sieht so unglaublich traurig und verloren aus.

Da hört Karlotta ein Rascheln hinter sich. Erschrocken dreht sie sich um, wie in einem Déjà-vu. Aber diesmal erwartet sie nicht der Anblick eines unheimlichen Gespenstes.

Ein Stückchen weiter gießt ein alter Mann das Grab mit dem steinernen Engel.

Als Karlotta langsam an ihm vorbeigeht und ihn freundlich grüßt, deutet er mit dem Kopf in Richtung der alten Kastanie und sagt: »Ist fast jeden Tag hier, die Kleine. Manchmal sogar abends. Sitzt dort, heult oder liest, will sich aber nicht unterhalten.« Er schüttelt bedauernd den Kopf. »Na ja. Jeder geht halt anders um mit seiner Trauer. Armes Ding. Die ersten Monate sind am schlimmsten. Ich weiß, wovon ich spreche.« Er mustert Karlotta neugierig. »Suchst du denn ein bestimmtes Grab?«

Karlotta schüttelt den Kopf. »Nein, ich arbeite hier.«

»Aha!« Der alte Mann setzt seine Gießkanne ab und hofft offenbar, dass Karlotta nicht so wortkarg ist wie das Mädchen mit den langen, blonden Haaren.

Aber ehe er ein längeres Gespräch beginnen kann, sagt Karlotta schnell: »Ich muss jetzt leider wieder zurück an die Arbeit! Tschüs!«

Enttäuscht nimmt der alte Herr seine Gießkanne wieder auf. »Ja, tschüs dann!«, sagt er.

Bis zur Frühstückspause ist es schon so heiß, dass selbst der Sklaventreiber, wie Calvin und Karlotta Oliver heimlich nennen, erleichtert die Harke fallen lässt. Alle vier suchen sich unter einem der dicht belaubten Bäume ein schattiges Plätzchen, um dort ihre mitgebrachten Brote zu verdrücken. Obwohl es so heiß ist, haben sie alle Hunger.

Frau Johns Pfirsiche stopfen den beiden Lästerern vom Dienst gewissermaßen den Mund – fürs Erste!

»Wenn du immer mit so reicher Beute zurückkommst«,

sagt Alexander, während ihm der Pfirsichsaft übers Kinn rinnt, »kannst du meinetwegen ruhig alle zehn Minuten aufs Klo gehen!«

»Mal bloß den Teufel nicht an die Wand«, meint Oliver grinsend. »Karlotta macht das glatt!« Er lehnt sich an den Stamm einer Linde und macht wie jeden Tag nach dem Essen für eine viertel Stunde die Augen zu.

Karlotta und Calvin hoffen jedes Mal, dass Oliver richtig tief einschläft und das Ende der Frühstückspause verpasst. Aber leider hat er offenbar eine untrüglich funktionierende innere Uhr.

Alexander vertieft sich in seine Motorradzeitschrift.

Karlotta beugt sich zu Calvin hinüber und sagt leise: »Ich glaube, ich habe mein Gespenst wieder gesehen.«

»Was?«, fragt er und schaut sie überrascht an. »Am hellen Morgen? Da hat es sich aber gewaltig in der Zeit geirrt!«

Karlotta knufft Calvin in die Seite. »Ich hab dir doch gesagt, dass du mich nicht aufziehen sollst …«

Calvin lässt sich Karlottas Boxer nicht gefallen und nimmt sie in den Schwitzkasten. »Hey! Du hast doch selbst damit angefangen!«, widerspricht er empört.

Karlotta gibt sich nicht geschlagen und beißt Calvin in den Oberschenkel. Calvin hat ziemlich haarige Beine, und seine Haut schmeckt nach Salz und Staub.

»Aua!«, schreit Calvin. Er lässt Karlotta los und fängt stattdessen an, sie zu kitzeln.

Das setzt Karlotta immer am allerschnellsten außer Gefecht. Auch diesmal. Sie kichert und japst: »Aufhören! Bitte! Sofort aufhören!«

Alexander schaut kopfschüttelnd von seiner Zeitschrift hoch und ruft: »Was sich liebt, das neckt sich!«

Calvin und Karlotta tun beide so, als hätten sie diese Bemerkung nicht gehört, aber sie fahren auseinander, als ob sie sich aneinander verbrannt hätten.

Einen Augenblick sitzen sie verlegen nebeneinander, dann fragt Calvin: »Und, hatte dein Gespenst heute auch noch so blutunterlaufene Augen wie gestern Nacht?«

Karlotta überlegt. »Konnte ich nicht sehen«, antwortet sie ernsthaft. »Es trug eine Sonnenbrille.«

Die beiden schauen sich an und prusten dann los.

»Wahrscheinlich ein Vampir auf Wohnungssuche«, sagt Calvin. »Ich wette, er hat lange, spitze Zähne, trägt einen Sonnenschirm ...«

»Keinen Sonnenschirm, sondern eine Schirmmütze«, unterbricht Karlotta ihn kichernd.

»... eine Schirmmütze«, korrigiert Calvin sich sofort, »ist blass und hatte eine Zeitung in der Hand. Wahrscheinlich hat er eine Anzeige aufgegeben: *Suche geräumige Gruft mit Ausblick!*« Calvin kippt einfach nach hinten um, weil er sich vor Lachen nicht mehr halten kann.

Auch Karlotta lehnt sich erschöpft an den Baumstamm hinter ihr. Dicke Lachtränen rollen ihr über die Wangen.

Alexander legt seine Motorradzeitschrift beiseite. »Hey, ich will auch mitlachen!«, sagt er. »Worum geht's?«

Aber weder Karlotta noch Calvin können ihm antworten. Sie bekommen kaum noch Luft vor Lachen.

Keiner der drei bemerkt, dass Oliver schon wieder aufgestanden ist. Er klopft sich den Staub von der Hose und klatscht dann in die Hände. »So, Leute, genug gelacht! Zurück an die Arbeit!«, sagt er. »Die Pause ist vorbei!«

Immer noch kichernd stiefeln Karlotta und Calvin zurück in ihr Rosenbeet. Jetzt sind es zum Glück nur noch anderthalb Stunden.

*

Normalerweise fahren Calvin und Karlotta nach der Arbeit auch gemeinsam wieder nach Hause. Schließlich wohnen sie ja fast direkt nebeneinander. Aber heute hat Calvin es sehr eilig. »Ich hab meiner Schwester versprochen, mich um halb eins mit ihr in der Stadt zu treffen. Ich soll sie beim Kauf eines MP3-Walkmans beraten.«

Karlotta muss natürlich wie üblich erst noch mal aufs Klo.

»Dann fahr ich schon mal! Wir sehen uns heute Nachmittag am Baggersee!«, ruft Calvin ihr noch im Gehen zu. »Gleiche Stelle wie immer?«

»Okay!«, ruft Karlotta ihm hinterher.

»Baggersee«, wiederholt Alexander sehnsüchtig und wischt sich den staubigen Schweiß von der Stirn. »Müsst ihr das auch noch so laut herumtröten?«

»Damit ihr auch was davon habt«, antwortet Karlotta völlig ungerührt.

Oliver und Alexander laden die Gartengeräte auf ein kleines Elektroauto. Für die beiden ist der Arbeitstag auch nach der Mittagspause noch nicht ganz zu Ende. Sie müssen auf dem Friedhof erst die Pflanzen in den Anlagen gießen und dann noch mal zurück in die Gärtnerei. Ganz schöner Knochenjob, findet Karlotta. So ätzend sie die Schule auch manchmal findet, nach fast vier Wochen Schufterei auf dem Friedhof freut sie sich direkt wieder auf das kühle Klassenzimmer!

Karlotta packt ihre Sachen zusammen und flötet: »Bis morgen! Und noch viel Spaß!«

»Danke!«, knurrt Oliver. »Gleichfalls. Bis morgen.«

Alexander sagt gar nichts, sondern bückt sich und wirft mit einem trockenen Tannenzapfen nach Karlotta.

Er trifft nicht. Sie streckt ihm lachend die Zunge raus, winkt den beiden noch mal ganz liebenswürdig zu und geht – zum x-ten Mal an diesem Tag – in Richtung Toilette. Zum Glück kostet das Klo hier auf dem Friedhof kein Geld, sonst wäre Karlotta die Hälfte ihres Verdienstes schon wieder los.

Sie lässt lange kaltes Wasser über ihre Hände laufen. Tut das gut!

Karlotta muss wieder an das traurige Mädchen mit den langen Haaren denken. Ob sie wohl noch da ist?

Karlotta ist sich mittlerweile fast sicher, dass es kein Geist war, dem sie gestern Nacht in der Dunkelheit begegnet ist. Es war das traurige Mädchen. Hundertprozentig.

Dann muss die Arme ja einen genauso großen Schreck bekommen haben wie ich, überlegt sie. Wenn ich sie wieder sehe, werde ich sie vielleicht mal fragen.

Irgendwie geht dieses Mädchen ihr einfach nicht aus dem Kopf, während sie zum Fahrradständer am Hauptausgang schlendert. Und so wandern Karlottas Schritte wie ganz von selbst in Richtung Steinengel.

Die Erde auf dem Engel-Grab trocknet schon wieder, aber man sieht noch, dass heute bereits jemand zum Gießen da war.

Karlotta wirft einen Blick auf die Inschrift des Grabsteins. *Hier ruht in ewigem Frieden meine liebe Frau Marie Hieke, geborene Otwarko*, liest sie.

Marie ruht hier schon seit über zehn Jahren. Sie war siebzig, als sie starb. Ob ihr Mann wohl noch mal geheiratet hat? Auf jeden Fall ist er heute alleine hier gewesen.

Karlotta schaut sich suchend um.

Das traurige Mädchen ist nicht mehr da. An wessen Grab sie wohl so sehr geweint hat? Neugierig und zugleich zögernd geht Karlotta um das Grab mit dem Steinengel herum. Sie fühlt sich ein bisschen so, als ob sie jemanden durch ein Schlüsselloch beobachten will, weil sie versucht herauszufinden, um wen das Mädchen hier trauert.

Unter dem großen Kastanienbaum bleibt Karlotta stehen. Zu ihrer Überraschung gibt es hier gleich drei Gräber. In einem ist Martin Becker begraben. Karlotta rechnet nach. Siebenunddreißig Jahre ist er alt geworden. Er könnte der Vater oder der Onkel des traurigen Mädchens sein. Auf dem zweiten Grabstein steht *Verena Neumann.* Sie ist mit neununddreißig Jahren gestorben. Die Mutter? Eine Tante?

Im dritten Grab liegt Georg Schiefer. Er war einundvierzig, als er hier beerdigt wurde.

Nachdenklich geht Karlotta zurück. Ihre Eltern sind auch

in diesem Alter, Ende dreißig. Darüber, dass einer von beiden jetzt schon sterben könnte, hat sie noch nie ernsthaft nachgedacht.

Eine schreckliche Vorstellung!

Karlotta ist so tief in Gedanken, dass sie fast auf den Anhänger getreten wäre. Halb verborgen liegt er unter einem abgerissenen Kastanienblatt. Hätte nicht ein Sonnenstrahl ihn kurz aufblitzen lassen, hätte Karlotta ihn sicherlich gar nicht bemerkt.

Sie bückt sich und ist sich im gleichen Augenblick völlig sicher, dass dieses Medaillon an der langen, goldenen Kette dem traurigen Mädchen gehört. Obwohl es eigentlich kein Schmuck für ein junges Mädchen ist. Karlotta würde so etwas jedenfalls nicht freiwillig tragen. Viel zu protzig und altmodisch.

In der Mitte der eingravierten Blumen glitzern sogar irgendwelche bunten Steine. Sind das etwa Brillanten? Saphire? Smaragde? Dann wäre dieser Anhänger ja richtig wertvoll. Aber Karlotta kennt sich mit Schmuck leider überhaupt nicht aus.

Die Kirchturmuhr schlägt halb eins. Erschrocken fällt Karlotta ein, dass ihre Mutter sich ja heute frei genommen hat und etwas zu Mittag kochen wollte.

Sie steckt das Medaillon in die Tasche ihrer Shorts und joggt zum Fahrradständer.

Pfannkuchen mit Überraschung

»Sorry, dass es später geworden ist«, entschuldigt sich Karlotta. Sie lässt sich auf einen Küchenstuhl plumpsen und zieht erst mal ihre Schuhe und Strümpfe aus. »Aber ich habe heute ein ganz seltsames Mädchen gesehen, und dann später habe ich fast genau dort bei dem Steinengel …«

»Oh, Karlotta!«, unterbricht ihre Mutter sie empört. »Muss das sein? Das riecht ja wie in einem französischen Käseladen! Stell deine Stinkquanten sofort raus auf den Balkon!«

»Für französischen Käse müsstest du ein Heidengeld zahlen«, bemerkt Karlotta. »Und dieser Duft ist völlig umsonst!«

Aber Frau Erichsen runzelt nur die Stirn. Also erhebt Karlotta sich stöhnend noch einmal und stellt Schuhe und Strümpfe zum Auslüften raus auf den Balkon.

»Die Füße muss ich mir aber vor dem Essen nicht auch noch waschen, oder?«, fragt sie, ehe sie sich wieder hinsetzt.

»Schaden würde es nichts!«, sagt ihre Mutter mit missbilligend gekrauster Nase.

»Bist du empfindlich!«, findet Karlotta.

Doch sie bleibt trotzdem sitzen und mixt sich ein großes Glas Apfelsaftschorle. Ihre Mutter hat unterdessen die

Pfanne auf den Herd gestellt, gießt etwas Teig hinein und streicht ihn dann mit einem Löffel dünn in der Pfanne aus.

»Hm! Pfannkuchen!«, stöhnt Karlotta genussvoll. »Superlecker!«

Sie steht auf und holt Apfelmus und Erdbeermarmelade aus dem Kühlschrank, während Frau Erichsen Karlotta schon den ersten Pfannkuchen auf den Teller schiebt.

Karlotta schneidet ihn in der Mitte durch, legt ihrer Mutter die Hälfte auf den Teller und bestreicht ihren Teil mit Mus und Marmelade. »Jetzt merke ich erst, was mir als Tochter einer voll berufstätigen Mutter alles entgeht! Sonst gibt's mittags für mich immer nur Ravioli aus der Dose oder belegte Brote.«

»Du armes, vernachlässigtes Kind!«, sagt ihre Mutter ungerührt, während sie den zweiten Pfannkuchen umdreht und vom Gas nimmt. Sie setzt sich Karlotta gegenüber. »Was würdest du sagen, wenn ich bald öfter zu Hause wäre?«

»Wenn's dann jeden Mittag Pfannkuchen gibt ... super!«, meint Karlotta. Sie steht auf, um sich den nächsten Pfannkuchen zu holen. »Willst du etwa kündigen? Ich dachte, dein Job am Theater macht dir so großen Spaß?«

»Ist ja auch so. Kostümschneiderin ist nach wie vor mein Traumjob. Aber kündigen will ich auch gar nicht ...« Frau Erichsen stockt. Sie setzt sich aufrecht hin und legt Messer und Gabel beiseite. Dann holt sie tief Luft und sieht aus, als müsse sie sich auf das, was sie nun sagen will, erst seelisch und moralisch vorbereiten.

Karlotta sieht ihre Mutter erwartungsvoll an. »Wir müssen doch nicht umziehen, oder?«, fragt sie misstrauisch.

Ihr Vater spricht immer wieder davon, dass er gerne mal eine Weile im Ausland arbeiten möchte. Karlotta findet diesen Gedanken jedoch nicht sonderlich attraktiv.

Frau Erichsen schüttelt den Kopf.

Langsam wird Karlotta unruhig. Warum zögert ihre Mutter so? Ist es am Ende etwas Schlimmes?

Ihr fällt ein, dass ihre Mutter sich heute frei genommen hat, weil sie zum Arzt wollte. Sie ist doch nicht etwa …

»Mama!«, drängt sie ihre Mutter, »sag schon! Bist du krank?«

Karlottas Mutter gibt sich einen Ruck. »Nein, nicht krank.« Wieder macht sie eine kurze Pause.

»Ich bin schwanger«, erklärt sie endlich und lächelt ein wenig verlegen.

Karlotta lässt die Pfanne krachend zurück auf den Herd fallen. »Was?«, fragt sie völlig entgeistert. »Aber, wie …«

»Also, Karlotta, bitte! Wir haben dich doch aufgeklärt!«, sagt ihre Mutter und lächelt.

»Ihr …? Äh …« Das verschlägt Karlotta glatt die Sprache.

Ihre Eltern? Nein, absolut unfassbar!

Karlotta muss sich hinsetzen.

Ihre eigenen Eltern tun das noch?

Karlotta findet ja schon Filme mit Liebesszenen immer ziemlich peinlich. Wenn es nach ihr ginge, könnte man sich die sparen.

Aber ihre eigenen Eltern …? In dem Alter! Und schwanger – wozu denn? Sie haben doch schon eine Tochter!

»Du sagst ja gar nichts«, unterbricht ihre Mutter Karlottas Gedanken.

»Aber ihr habt doch mich!«, platzt Karlotta heraus.

Und plötzlich, ohne dass sie etwas dagegen tun kann, ohne dass sie selbst so genau weiß, wieso, kullern ihr dicke Tränen über die Wangen.

Frau Erichsen steht auf. »Und darüber sind wir auch sehr froh«, sagt sie und nimmt ihre Tochter in den Arm. Karlotta schlingt die Arme um ihre Mutter und hält sie ganz fest. »Du musst doch nicht weinen, Lottilein. Ich meine, so schlimm ist das ja nun auch wieder nicht. Andere Kinder müssen sich viel früher mit einer Schwester herumärgern. Schau, Calvin hat Anabel ja auch überlebt.«

»Die war ja auch schon da, als er gekommen ist!«, schnieft Karlotta.

Dann dämmert ihr, was ihre Mutter eben gerade gesagt hat: »Weißt du denn sogar schon, was es wird?«, fragt sie.

Ihre Mutter nickt. »Seit heute. Du bekommst ein Schwesterchen.«

Eine Schwester!

Die Tatsache, dass Karlotta sogar schon weiß, was es wird, macht diese Neuigkeit gleich noch viel wirklicher.

Jetzt sind sie also bald zu viert. Sie kann sich das gar nicht vorstellen: ein Baby – ein kleiner Störenfried, ein Schreihals. Eine Schwester.

Karlotta hat es nie schlimm gefunden, ein Einzelkind zu sein. Im Gegenteil. Wenn sie jemanden zum Spielen haben wollte, hat sie einfach bei Krauses geklingelt und hat Calvin und Anabel besucht.

Calvin hat sie oft darum beneidet, dass sie keine Geschwister hat. Da war keiner, der einem Spielsachen wegnimmt, keiner, der einen verpetzt, wenn man was angestellt hat, keiner, der sich beklagt, weil er angeblich schon wieder die kleinere Portion Eis bekommen hat … Aber jetzt ist Schluss mit dem schönen Einzelkinddasein!

Karlotta schaut auf Mamas Bauch. Spindeldürr ist ihre Mutter noch nie gewesen. Aber dicker als sonst sieht sie eigentlich auch nicht aus. Oder sitzt ihr Sommerkleid doch schon ein bisschen strammer über dem Bauch?

Karlottas Gedanken rasen, stolpern und galoppieren hin und her. Alles Mögliche geht ihr durch den Kopf.

»Und wo soll das Baby schlafen? Bei mir im Zimmer ist kein Platz!«, stellt sie sofort klar.

»Am Anfang schläft es bei uns im Schlafzimmer. Und später …« Karlottas Mutter zuckt mit den Schultern. »Ich fürchte, irgendwann müssen wir uns dann nach einer etwas größeren Wohnung umschauen.«

»Ich will nicht umziehen!«, sagt Karlotta bockig.

»Das dauert ja auch noch ein Weilchen, ehe das überhaupt zur Debatte steht«, beruhigt ihre Mutter sie. Sie streicht sich über den Bauch. »Aber ein paar weitere Kleider werde ich mir wohl bald kaufen müssen.«

Karlotta überlegt einen Augenblick. »Dann passt dir der geblümte Samtblazer ja bestimmt bald sowieso nicht mehr …«, meint sie und muss nun doch wieder grinsen.

Auf diesen Blazer ist sie schon lange scharf, aber bisher hat sich ihre Mutter standhaft geweigert, ihr das gute Stück auch nur mal auszuleihen.

Ihre Mutter knufft sie leicht auf den Oberarm. »Du raffinierte kleine Kröte«, sagt sie lächelnd. »Okay, du kannst ihn haben. Aber nur leihweise.«

Karlotta nickte zufrieden. Irgendwelche Vorteile muss sie ja schließlich auch davon haben, dass hier jetzt bald ein schreiendes Baby im Haus sein wird.

Sie ist sich ziemlich sicher: Wenn der Samtblazer erst einmal in ihrem Schrank hängt, hat er so gut wie die Besitzerin gewechselt.

Karlottas Mutter wischt ihrer Tochter eine Träne von der Wange und gibt ihr einen Kuss. Dann dreht sie sich um, greift nach der Pfanne und schiebt Karlotta den zweiten Pfannkuchen auf den Teller.

»Ist ein ganz schöner Schreck, oder?«, fragt sie und macht den Herd wieder an für einen dritten Pfannkuchen.

Karlotta nickt und schnieft noch einmal.

»Für uns auch. Aber zum Glück sind diese kleinen Würmer ja nicht von einem Tag auf den nächsten da. Sie lassen einem schon ein paar Monate Zeit, sich an den Gedanken zu gewöhnen.« Sie lächelt.

»Und was sagt Papa dazu?«, fragt Karlotta.

»›Oh Gott, wieder monatelang dieses Geschrei! Und keine Nacht mehr schlafen!‹, hat er zuerst gesagt«, zitiert Frau Erichsen. »Aber dann meinte er, dich hätten wir ja schließlich auch ganz gut hingekriegt. Also wird das bei der zweiten wohl auch klappen.«

»Wieso, habe ich denn so viel geschrien?«, fragt Karlotta neugierig.

»Stundenlang! Zu jeder Tages- und Nachtzeit!«, erzählt ihre Mutter. »Du hast uns nächtelang tyrannisiert, wolltest herumgetragen werden, nie in deinem Bettchen bleiben … Du warst eine echte Nervensäge.«

»Kann man Babys nicht gleich im Krankenhaus einen Knopf zum Leisedrehen einbauen?«, fragt Karlotta.

»Das haben wir uns bei dir auch gewünscht, das kannst du aber glauben!«, meint ihre Mutter lachend.

Der Schreck mit dem Baby ist Karlotta zwar in die Glieder gefahren, aber er hat ihr nicht den Appetit verschlagen. Nach dem vierten Pfannkuchen sagt sie: »Aber jetzt wirklich höchstens noch einen!«

Nach zwei weiteren schiebt sie stöhnend den Teller von sich, lehnt sich zurück und streckt die Beine unter den Tisch. »Oh je! Ich glaube, das war mindestens einer zu viel. Ich werde nachher im See versinken wie eine bleierne Ente.«

»Triffst du dich wieder mit Calvin?«

»Ja«, sagt Karlotta und sieht auf die Küchenuhr. »In einer Stunde.« Ihr Blick wandert zum Bauch ihrer Mutter, in dem ihr kleines Schwesterchen heranwächst. »Oder soll ich lieber bei dir bleiben?«

Ihre Mutter lächelt. »Lieb von dir. Aber geh nur. Ich treff mich nachher sowieso mit Corinna in der Stadt. – Es sei denn, du möchtest mitkommen?«

Karlotta mag Mamas Freundin Corinna sehr. Aber bei dieser Hitze in die Stadt? »Nee, ich hab mich ja schon mit Calvin verabredet. Vorher muss ich allerdings unbedingt noch duschen.« Karlotta steht auf und stellt die Teller zusammen.

»Das mit dem Duschen ist eine prima Idee«, findet ihre Mutter. »Und seif deine französisch duftenden Füße besonders gut ein!«

Karlotta klappt die Spülmaschine zu und schneidet ihrer Mutter im Rausgehen eine Grimasse. Das T-Shirt zieht sie sich schon auf dem Weg in ihr Zimmer über den Kopf und wirft es mitten im Flur auf den Boden, um es nachher mit ins Bad zu nehmen. In ihrem Zimmer schlüpft sie aus den Shorts und betrachtet sie eingehend von allen Seiten. Ein kleiner Grasfleck, aber ansonsten …

»Die kann ich morgen noch mal anziehen«, murmelt Karlotta und wirft die Hose über ihren Schreibtischstuhl, über dem schon ein Haufen Klamotten liegt. Dabei fällt das Medaillon heraus und landet klirrend auf dem Boden.

Karlotta hebt es auf und betrachtet es genauer. Ob da wohl was drin ist? Sie macht den ovalen Anhänger auf. Im Deckel, auf der linken Seite, ist der Rahmen leer. Auf der rechten Seite steckt ein Schwarzweißfoto, es sieht aus wie ein altes Passbild. Karlotta tippt auf eine Aufnahme aus den Siebzigern. Der junge Mann auf dem Bild hat lange Koteletten und eine Frisur wie die Jungs dieser Gruppe, auf die ihre Mutter als Teeny so abfuhr: die Bay City Rollers. Mama hat Karlotta kürzlich eine alte Autogrammkarte der Band gezeigt. Unvorsichtigerweise hat sie bei der Gelegenheit auch zugegeben, dass sie die Jungs sogar als Poster an der Wand über ihrem Bett hängen hatte. Herr Erichsen hat seine Frau anschließend wochenlang damit aufgezogen.

Karlotta würde es im Traum nicht einfallen, irgendwelche Fanposter irgendeiner dämlichen Boygroup aufzuhängen. In ihrem Zimmer hängen zwei Filmplakate und ein Poster von einem weißen Pferd in einer Mohnblumenwiese.

Der lächelnde Mann im Medaillon sieht jedenfalls sehr

nett aus, findet Karlotta. Dann überlegt sie: Selbst wenn das Foto nicht aus den Siebzigern stammt, dieser Typ ist eindeutig zu alt, um der Freund des Mädchens vom Friedhof zu sein – denn die war sicher nicht viel älter als Karlotta. Der Mann auf dem Foto aber ist mindestens Mitte zwanzig!

Vielleicht gehört der Anhänger ja doch einer der vielen alten Damen, die ständig auf dem Friedhof sind? Es könnte irgendein Sohn oder ein Enkel sein …

Ich werde morgen mal Alexander und Oliver fragen, wo man Sachen, die man auf dem Friedhof findet, am besten abgibt, überlegt Karlotta. Die müssen das doch wissen. Bestimmt haben sie bei ihrer Arbeit schon öfter mal irgendetwas gefunden.

Zufrieden mit ihrem Vorsatz legt Karlotta den Anhänger ganz oben auf ihr Bücherregal und hüpft unter die Dusche. Ihre französischen Füße seift sie besonders sorgfältig ein …

Eine halbe Stunde später ist sie fertig für den Baggersee. Ehe sie losgeht, macht sie noch ein Selbstporträt.

Meine ersten Minuten als große Schwester, schreibt sie auf die Rückseite.

Pfefferminzküsse

Karlotta zieht ihre Schuhe gleich vorne an der Kasse aus, sie will die Abkürzung über den Strand nehmen. Aber nach nur fünf Schritten im Sand trippelt sie, so schnell sie kann, zurück auf die Wiese. So muss es sein, über glühende Kohlen zu laufen!

Karlotta sieht hinaus aufs Wasser. Wie einladend kühl es aussieht! Calvin war bestimmt schon eine erste Runde schwimmen. Hoffentlich kommt er trotzdem gleich noch mal mit ihr ins Wasser!

Es ist ziemlich voll unten am Strand, auf der Liegewiese und auch im Wasser. Kein Wunder, schließlich sind ja noch Ferien. Aber Karlotta weiß: Wenn man weiter raus zur Seemitte hin schwimmt, ist es gleich nicht mehr so voll. Die wenigsten schwimmen nämlich weiter als bis zur Badeinsel.

Calvin und Karlotta schwimmen meistens quer über den See bis zur anderen Seite. Schwimmen ist der einzige Sport, den Karlotta nicht zu anstrengend findet. Für sie gibt es kaum ein schöneres Gefühl, als vom Wasser getragen zu werden, es am Körper entlangströmen zu fühlen und dabei die warme Sonne auf den nassen Haaren zu spüren. Überhaupt ist der Sommer eindeutig Karlottas liebste Jahreszeit!

Hoffentlich muss ich nicht andauernd babysitten, wenn

es da ist, überlegt Karlotta, als sie die vielen planschenden Kinder im flachen Wasser sieht. Sie spritzen und kreischen, einige bauen Sandburgen. Sie weigert sich, an das Wesen im Bauch ihrer Mutter als an eine *Sie* zu denken. Sie versucht, sich an die Abbildungen im Biobuch zu erinnern: Schließlich ist dieses Ding jetzt erst ein paar Monate alt und noch nicht einmal halb so groß wie ein richtiges Baby.

Im Schatten der großen Bäume auf der Liegewiese stehen unzählige Kinderwagen. Waren das gestern etwa auch schon so viele? Sind die ihr bisher bloß nie aufgefallen?

Bis zu »ihrem« Baum hinten am Volleyballplatz zählt Karlotta fünfundzwanzig Kinderwagen und Kinder, die noch so klein sind, dass sie nur auf dem Bauch liegen oder krabbeln können. Sie schlafen, nuckeln an ihrer Flasche oder am Daumen, werden herumgetragen – oder sie schreien wie am Spieß. Furchtbar!

Gleich neben dem Baum, unter dem Calvin liegt, krabbelt ein Baby im Gras und steckt alles in den Mund, was es finden kann, während seine Mutter sich mit einer anderen Frau unterhält und nicht auf ihr Kind achtet.

Sieht ja eigentlich ganz niedlich aus, dieser Blondschopf, denkt Karlotta und muss sogar ein bisschen lächeln über den Kleinen. Trotzdem!

Ich werde das Baby im nächsten Sommer jedenfalls ganz bestimmt nicht mit hierher an den See nehmen!, beschließt Karlotta. »Auf gar keinen Fall!«, sagt sie laut, wirft ihre Tasche vor Calvin ins Gras und rollt ihr Handtuch neben seinem aus.

»Na endlich«, sagt Calvin. »Hast dir ja ganz schön Zeit gelassen.« Er schaut Karlotta zu, wie sie sich ihr Kleid über den Kopf zieht. Darunter trägt sie schon ihren neongrünen Bikini.

»Auf gar keinen Fall *was*?«, fragt er dann noch hinterher.

Karlotta lässt sich neben ihn plumpsen und streift dabei seinen Arm mit ihrem Bein. Ihre Haut ist warm von der Sonne und ein bisschen feucht. Sie ist ziemlich schnell Fahrrad gefahren.

Calvin zuckt wie elektrisiert zurück und rollt sich zur anderen Seite auf den Bauch.

Er räuspert sich. »Habe ich was verpasst?«, fragt er.

»Wieso?«, fragt Karlotta zurück und schaut ihn verständnislos an.

»Auf gar keinen Fall *was*?«, wiederholt Calvin.

»Von was redest du eigentlich?«, fragt Karlotta zurück, bis ihr dämmert, dass sie ihren letzten Satz wohl laut gesagt hat.

»Ich werde das Baby nächsten Sommer auf keinen Fall mit hierher an den Baggersee nehmen«, erklärt Karlotta.

Calvin setzt sich ruckartig auf. »Das Baby?«, wiederholt er. »Karlotta! Bist du etwa schwanger?«

»Ich? Spinnst du?« Karlotta wird rot. »Quatsch, ich hab ja nicht mal einen Freund. Aber meine Mutter!«

»Was?«, fragt Calvin völlig entsetzt. »Deine Mutter hat einen Freund? Und dein Vater – weiß er das?«

Karlotta setzt sich jetzt auch auf und schlingt ihre Arme um die Beine.

»Sag mal, rede ich plötzlich Chinesisch, oder was? Meine Mutter hat keinen Freund. Sie ist schwanger.«

Calvin atmet erleichtert auf und legt sich zurück auf den Bauch. »Ach so!«

»Was heißt hier: *Ach so*?«, sagt Karlotta entrüstet. »Stell dir das doch mal vor, ist das nicht entsetzlich? Ich bekomme eine Schwester. Schluss mit meinem schönen Einzelkind-Dasein! Jetzt beginnt auch für mich der Kampf ums Überleben: Streit um die längere Wurst, um die größere Portion Erdbeeren mit Sahne, mein Lieblings-T-Shirt – wahrscheinlich wird diese neue Schwester ständig meinen Kleiderschrank plündern …«

Calvin nickt mitfühlend. »Bestimmt. Vor allem in den ersten zwei, drei Jahren ihres Lebens sind Babys bekanntermaßen extrem modebewusst. Arme Karlotta! Da brechen ja wirklich harte Zeiten für dich an. Außerdem weiß man natürlich auch, dass Babys einem schier die Haare vom Kopf fressen. Aber ehe dein Magen so laut knurrt, dass du nicht mehr einschlafen kannst, klopf an mein Fenster, dann reiche ich dir einen Kanten Brot und ein Stück Käse raus.« Er grinst noch breiter.

»Ich fürchte ja, dass es nicht mein knurrender Magen sein wird, der mich am Schlafen hindert, sondern durchdringendes Babygeschrei«, seufzt Karlotta.

Sie steht auf und streckt Calvin die Hand hin, um ihn hochzuziehen. »Komm, wir gehen erst mal ins Wasser«, schlägt sie vor.

»Ich komm gleich nach«, sagt Calvin und bleibt auf dem Bauch liegen, ohne auf ihre ausgestreckte Hand zu achten. »Geh nur schon mal vor.«

Was hat Calvin denn nun schon wieder? Karlotta zuckt mit den Schultern und geht voraus.

Nach ein paar Schritten dreht sie sich noch mal zu ihm um und ruft: »Ich warte dann am anderen Ufer auf dich. Wenn du nicht bald kommst, holst du mich nämlich nicht mehr ein.«

Langsam geht Karlotta zum Strand hinunter. Sie schaut sich noch einmal um, aber Calvin ist von hier aus schon nicht mehr zu sehen.

Irgendwie ist er manchmal komisch in letzter Zeit, überlegt sie. Dann schaut er sie mit diesem seltsamen Ausdruck in den Augen an. Manchmal rückt er ihr ganz dicht auf die Pelle, und ein andermal könnte man meinen, sie habe die Krätze, weil er ihr dann nicht mal die Hand reichen mag, um sich hochziehen zu lassen. Sie zuckt mit den Schultern. Egal. Irgendwann wird er sich schon wieder einkriegen.

Karlotta geht bis zu den Oberschenkeln ins Wasser. Puuh, ist das kalt! Sie schöpft sich Wasser auf die Arme und zieht unwillkürlich den Bauch ein, als das kalte Wasser darauf tropft.

Als sie Calvin kommen sieht, lässt sie sich schnell ins Wasser fallen, prustet kurz und strampelt dann mit den Beinen, sodass das Wasser in hohen Fontänen auf Calvin spritzt.

»Hey!«, schreit er. »Hör auf!«

Er geht zwei Schritte rückwärts. Doch zu spät, er ist schon völlig nass.

Karlotta lacht nur und schwimmt los. Abkühlen muss Calvin sich jetzt nicht mehr. Er wirft sich ins Wasser und krault ihr hinterher. Als er sie erreicht hat, brüllt er: »Rache!«, hievt sich auf ihre Schultern und taucht sie unter.

»Das war unfair«, prustet Karlotta, als sie wieder auftaucht, und streicht sich eine nasse Haarsträhne aus dem Gesicht. »Gemeiner Angriff von hinten!«

»Auch nicht gemeiner als deine hinterhältige Spritzattacke«, entgegnet Calvin ungerührt.

Karlotta sieht ihn von der Seite an. Ist er etwa sauer? Nein, Calvin lächelt. Sie schwimmen eine Weile schweigend nebeneinanderher.

Eine leichte Brise kräuselt die Wasseroberfläche, und die Sonne spiegelt sich für Bruchteile von Sekunden in den unzähligen kleinen Scherben des Wasserspiegels, sodass dieser aussieht wie mit glitzerndem Glitter bestreut.

Karlotta muss immer wieder an das denken, was ihre Mutter ihr vorhin eröffnet hat: ein Baby! Irgendwie hatte sie irrsinnigerweise immer geglaubt, sie wüsste alles von ihren Eltern. Und jetzt *das*!

»Glaubst du, dass deine Eltern es auch noch tun?«, fragt Karlotta und schaut Calvin neugierig von der Seite an.

»Was tun?«, fragt Calvin zurück.

»Na, du weißt schon«, sagt Karlotta.

»Nee, eben nicht!«

Karlotta verdreht die Augen. Meine Güte, ist Calvin schwer von Begriff! »Na, ob du glaubst, dass die noch miteinander schlafen, natürlich!«

Calvin scheint es plötzlich zu heiß geworden zu sein, denn er taucht unter und kommt erst ein paar Meter vor Karlotta wieder hoch.

»Und?«, hakt Karlotta nach.

Calvin zuckt mit den Schultern. »Keine Ahnung«, sagt er dann ein bisschen verlegen. »Hab noch nie darüber nachgedacht. Vielleicht … ich glaub schon. Manchmal schließen sie jedenfalls ihr Schlafzimmer zu.«

Er zuckt wieder mit den Schultern.

»Dann kann dir ja auch noch ein Baby blühen!«, meint Karlotta hoffnungsvoll.

Wenn Calvins Familie auch noch mal Zuwachs bekäme, wäre ihre eigene Babyschwester nur noch halb so schrecklich: Geteiltes Leid ist halbes Leid.

»Quatsch!«, antwortet Calvin. »Wir kriegen kein Baby mehr. Es gibt schließlich Verhütungsmittel.«

»Das hättest du meinen Eltern vielleicht mal früher sagen sollen!«, meint Karlotta düster.

»Hey«, sagt Calvin und spritzt Karlotta aufmunternd ein bisschen Wasser über den Kopf. »So schlimm kann das doch gar nicht werden.«

Karlotta sieht zweifelnd zu ihm rüber. »Wer von uns beiden hat denn immer über seine Schwester gejammert und gestöhnt?«, fragte sie.

»Das ist was ganz anderes«, widerspricht Calvin sofort. »Anabel ist meine ältere Schwester, und ältere Schwestern sind ein Kapitel für sich, das kannst du mir glauben. Ich wette, die Kleine wird dich unendlich bewundern. Und bis sie dann so richtig nervig wird, machst du längst eine Lehre oder studierst oder …«, er grinst hinterhältig, »… du bist verheiratet und hast selbst einen Stall voller Kinder.«

»Spinnst du?«

»Wieso?«, fragt Calvin.

»Ich heirate nicht, und Kinder will ich auch keine«, sagt Karlotta und schwimmt Calvin schnell davon.

Als sie aus dem Wasser kommen, spielen Calvin und Karlotta in der Sonne Frisbee über das Volleyballnetz, das auf der großen Wiese gespannt ist.

Letzte Woche haben sie auch Linus, Jojo und Selma noch jeden Nachmittag hier am See getroffen. Aber Linus und Jojo sind die letzten beiden Ferienwochen mit ihrem Fußballverein in ein Trainingslager gefahren. Und Selma packt heute wahrscheinlich schon Kisten und Koffer in Berlin aus.

Karlotta wird sofort todtraurig, wenn sie daran denkt.

Selma ist Karlottas beste Freundin. Zusammen mit Calvin ist sie Karlottas engste Vertraute. Und ausgerechnet die zieht jetzt nach Berlin.

»Eltern können ganz schön rücksichtslos sein«, findet Karlotta.

»Wieso? Weil sie mit der Verhüterei nicht aufpassen?«, fragt Calvin.

Karlotta sieht sich um. Muss Calvin das ausgerechnet jetzt und hier über die gesamte Liegewiese brüllen? Braucht ja wirklich nicht jeder zu wissen, dass ihre Eltern das mit dem Verhüten nicht auf die Reihe kriegen.

»Das auch«, brummt Karlotta verlegen und rennt nach links, um die Plastikscheibe zu fangen.

»Wieso muss ich hier eigentlich die ganze Zeit von einer Ecke in die andere hetzen, während du ganz locker stehen bleibst?«, fragt sie ein wenig außer Atem.

Calvin zuckt mit den Schultern. »Entweder, man kann's, oder man kann's eben nicht …«, antwortet er mit lässiger Arroganz.

»Eben: *Ich* kann nämlich werfen, deshalb musst *du* nämlich auch nicht so rennen …«

Calvin grinst nur über diese Bemerkung und hält es offenbar für unter seiner Würde, etwas darauf zu erwidern.

»Und was noch?«, fragt er stattdessen.

Calvin verliert nie den Faden, auch wenn Karlotta noch so sehr hin und her springt in einer Unterhaltung.

»Ach«, sagt Karlotta, »es muss doch wirklich nicht sein, dass Eltern andauernd irgendwo anders arbeiten und umziehen, oder? Und dann verschleppen sie immer gleich die ganze Familie. Total egoistisch eben!«

»Ach, du sprichst jetzt von Selma«, sagt Calvin

Karlotta seufzt nur.

Während der vergangenen Wochen hatten sie sich alle gemeinsam alles Mögliche überlegt, wie sie verhindern könnten, dass auch Selma mit nach Berlin musste. Karlotta hatte ihr sogar ein Feldbett in ihrem eigenen kleinen Zimmer angeboten. Aber mit den Lotfis war nicht zu verhandeln gewesen. Selmas Eltern hatten darauf bestanden, dass auch ihre Jüngste mit nach Berlin umzieht.

Selma war auch ganz unglücklich darüber gewesen.

Im Moment hatte sie dort in der neuen Wohnung noch nicht einmal Telefon! Immerhin hatte sie Karlotta aber schon eine Mail schicken können – von einem Internet-Café aus, das bei Lotfis direkt um die Ecke ist.

Karlotta wirft die Frisbeescheibe absichtlich links an Calvin vorbei. Er fängt sie trotzdem. Beim nächsten Mal wirft sie zu weit nach rechts. Dann wieder nach links. Soll er doch auch mal ein bisschen laufen!

Aber statt der Frisbeescheibe hinterherzujagen, rennt er nach ihrem letzten Wurf nach vorne, direkt auf sie zu.

»Na warte!«, ruft er drohend.

Karlotta rennt lachend davon – und Calvin hinterher. Im Wasser hätte Karlotta ihn vielleicht abhängen können, schließlich ist sie im Schwimmklub. Doch hier auf der Wiese ist Calvin schneller. Er holt sie ein und stellt ihr ein Bein. Bevor sie hinfällt, fängt er sie allerdings auf und hält sie fest. Karlotta spürt seine kalte Badehose, die immer noch ein bisschen feucht ist, an ihrem Bein, und seine trockene, sonnenwarme Haut auf ihrer. Sie gibt sich sofort geschlagen, lässt sich einfach gegen ihn fallen und lacht.

Calvin strauchelt, und sie rollen beide auf den Rasen.

Calvin lacht nicht. Er sieht plötzlich ganz ernst aus und gleichzeitig irgendwie ungeheuer verletzlich und verunsichert. Es ist derselbe Blick, mit dem er sie gestern Abend vor der Haustür angesehen hat.

Er schaut ihr tief in die Augen. Und auf einmal scheint die Zeit anzuhalten und stillzustehen.

Karlotta ist verwirrt und weiß nicht, was sie sagen soll.

Soll sie sich mit einem Scherz aus seinen Armen drehen? Soll sie ihn einfach wegdrücken und die Frisbeescheibe suchen? Ehe sie einen klaren Gedanken fassen kann, kommt Calvins Gesicht näher. Karlotta beugt den Kopf unwillkürlich ein bisschen weiter zurück. Dann spürt sie Calvins Lippen warm und weich auf ihren. Lange. Länger, als sie je zuvor fremde Lippen auf ihren gespürt hat. Calvins Hand wühlt sich in ihre Haare.

Ihr Herz schlägt wild und schnell.

Karlotta spürt Calvins Zunge an ihren Lippen, dann in ihrem Mund. Er schmeckt nach Pfefferminz.

Oh Gott!, denkt sie, und ich? Habe ich mir eigentlich nach den Pfannkuchen vorhin die Zähne geputzt?

Sie kann sich nicht erinnern. Doch dann ist es ihr auch egal.

Sie ist schon so lange neugierig gewesen auf den ersten echten Zungenkuss mit einem Jungen.

So ist das also?

Es ist anders. Ganz anders als vor zwei Jahren, als sie mit Selma zum erstenmal Zungenküsse versucht hat.

Damals haben sie beide unentwegt kichern müssen.

Diesmal muss Karlotta nicht kichern.

Selma hatte schon mal einen Freund, diesen Sommer, fast zwei Monate war sie mit ihm zusammen. Klar, dass sie Karlotta auch vom Küssen erzählt hat. Aber was sind schon Worte gegen selber fühlen?

Jetzt weiß Karlotta endlich auch, wie sich ein Zungenkuss anfühlt.

Also darauf sind die Jungs und Mädchen aus der Oberstufe so wild, dass der Raucherhof längst bei allen nur noch Knutschquadrat heißt?

Plötzlich löst Calvin seine Lippen von Karlottas, richtet sich halb auf und haut sich mit aller Wucht auf den Oberschenkel.

»Eine Bremse!«, ruft er und hält das tote Insekt mit zwei Fingern vor sich.

Auf seinem Bein wächst ein dicker roter Hubbel. Die Bremse hat vor ihrem plötzlichen gewaltsamen Tod schon ordentlich zugestochen.

Karlotta richtet sich auch auf. Sie sitzt neben Calvin im Gras und wackelt mit den Zehen.

Wie ein Schwamm hat dieser Kuss alle Worte aufgesaugt. Sie weiß nicht, was sie sagen soll. Sie weiß nicht, was sie tun soll.

Calvin scheint es ähnlich zu gehen. Er starrt immer noch fasziniert auf die tote Bremse, als hätte er vorher noch nie im Leben eine gesehen.

»Hey, Calvin!«

Karlotta und Calvin schauen beide gleichzeitig auf. Ganz hinten auf der Wiese stehen Burki und Robin und winken.

»Kommst du kicken?«, schreit Burki. »Wir brauchen noch einen Stürmer!«

Calvin springt sofort auf und will schon loslaufen, doch dann bleibt er stehen und sieht Karlotta verlegen an.

Karlotta ist auch aufgestanden und klopft sich ein paar Grashalme von den Beinen.

»Geh nur«, sagt sie. »Ich muss jetzt sowieso los.« Irgendwie ist sie sogar erleichtert, dass dieses unangenehme Schweigen zwischen ihnen gebrochen ist.

»Wirklich?«, fragt Calvin. »Hm … dann spiel ich hier bei den Jungs noch ein Weilchen mit, okay?«

»Okay!«, sagt Karlotta. »Viel Spaß beim Kicken.«

Calvin geht ein paar Schritte, dann dreht er sich noch mal um.

»Wir gehen jetzt miteinander«, sagt er verlegen. »Oder?« Aber dann düst er, ohne eine Antwort von Karlotta abzuwarten, davon.

Schneckentage

Abends sitzt Karlotta inmitten ihrer Polaroidbilder mit einem Spiegel in der Hand auf dem Bett und betrachtet sich eingehend.

Nichts. Sie kann absolut nichts feststellen. Ihre Mutter hat auch nichts bemerkt, sonst hätte sie garantiert etwas gesagt. Aber eigentlich müsste da doch etwas zu finden sein. Eigentlich müsste sie seit heute Nachmittag irgendwie verändert aussehen ... Doch das Einzige, was sich im Vergleich zu heute Morgen verändert hat, ist ein leichter Sonnenbrand auf der Nase und ein dicker Pickel am Kinn.

Karlotta drückt ein bisschen an dem Pickel herum. Es kommt nichts raus. Dafür wird das Kinn rot, und der Pickel tut auf einmal höllisch weh. Typisch! Ausgerechnet jetzt muss ihr dieses Ungetüm am Kinn wachsen. Hoffentlich ist der bis morgen früh wieder weg.

Karlotta hat eine Theorie, nach der sich alle wichtigen, einschneidenden Ereignisse im Leben immer auch irgendwie im Aussehen niederschlagen. Man muss sich nur aufmerksam genug beobachten.

Deshalb macht Karlotta auch immer wieder Polaroidaufnahmen von sich – sie will sehen, wie sie sich verändert, wie sie erwachsen wird.

Nach Karlottas Theorie müsste sich ihr Spiegelbild heute eigentlich ziemlich verändert haben. Sie müsste um einiges älter, reifer und erwachsener aussehen.

Immerhin musste Karlotta heute gleich zwei neue Polaroids von sich machen. Das erste nach dem Mittagessen – als zukünftige große Schwester. Und dann noch eins, unter das sie geschrieben hat: *Nach dem ersten Zungenkuss*. Und auf die Rückseite wie immer das Datum.

Karlotta legt den Spiegel beiseite. Vielleicht sieht man ja morgen etwas. Sie räumt die Fotos zusammen und legt sie auf den Bettkasten zwischen Nachttischlampe und Cebion, ihrem arg abgeliebten, großen gelben Teddy. Dann macht sie das Licht aus und kuschelt sich in das Bettlaken, das sie während der heißen Sommernächte als Zudecke nimmt. Ganz ohne kann sie nämlich nicht einschlafen, egal, wie heiß die Nacht auch sein mag.

An der Zimmerdecke über ihr leuchten die großen und kleinen Leuchtsterne fluoreszierend auf. Es ist Karlottas ganz persönlicher und sehr eigenwillig zusammengesetzter Sternenhimmel. Sie hat sich einfach fünf Sternbilder ausgesucht, die ihr gut gefallen haben: den Großen Bären, den Wendekreis des Krebses, Pegasus, Wassermann und Phönix.

Hier an der Decke erkennt sie die einzelnen Sternbilder ganz prima. Draußen am Nachthimmel hingegen nicht einmal dann, wenn Calvin versucht, sie ihr zu zeigen.

Der Zimmerhimmel ist ein Geschenk von Calvin.

»Weil ich dir die Sterne nicht vom Himmel holen kann, klebe ich sie dir eben dran«, hat er verlegen gemurmelt, als er ihr das Päckchen mit den Leuchtsternen in die Hand gedrückt hat.

Karlotta muss lächeln, als sie sich an diesen Spruch erinnert. Romantischer Spinner, hat sie damals gedacht – aber nett.

Calvin hat ihr dann sogar geholfen, das Zimmer neu zu streichen. Vorher war ihre Decke nämlich langweilig weiß gewesen – jetzt ist sie mitternachtsblau.

Aber das war schon ganz zu Beginn der Sommerferien. Zu ihrem Geburtstag. Vor *Wochen.*

Ist Calvin etwa schon so lange in sie verliebt?

Und sie selbst? Ist das, was sie für Calvin empfindet, jetzt auch auf einmal Liebe – oder was?

Jetzt ist sie doch schon so lange mit ihm befreundet.

Und plötzlich … Kann sich das durch einen Kuss auf einmal wirklich alles ändern?

Calvin hat gesagt, dass sie jetzt miteinander gehen.

Was genau bedeutet das eigentlich?

Am liebsten würde sie Selma anrufen und alles mit ihr besprechen. Aber die hat ja dummerweise noch kein Telefon in Berlin.

Ihr Telefon hier hingegen funktioniert prächtig und läutet genau in diesem Moment mitten in ihre Gedanken hinein. Karlotta hört, dass ihre Mutter drangeht.

»Oh, hallo! – Wie geht's? – Nein, haben wir noch nicht. Warte, ich schau mal nach.«

Mama klopft bei ihr an die Tür und steckt den Kopf herein. »Karlotta, schläfst du schon?«

Karlotta knipst ihre Nachtischlampe wieder an.

»Noch nicht ganz«, sagt sie und blinzelt in die helle Lampe.

Ihre Mutter reicht ihr das Telefon. »Es ist Selma«, sagt sie.

»Selma!«, ruft Karlotta erfreut in den Hörer. »Wie supertoll, dass du anrufst! Gerade habe ich an dich gedacht. Habt ihr jetzt etwa doch schon Telefon?«

»Nee«, sagt Selma. »Die von der Telekom sind echte Schnecken. Das dauert noch Tage! Ich bin jetzt in einer Telefonzelle unten auf der Straße. Das ist billiger als von meinem Handy aus.«

»Und wie ist es so in Berlin?«, fragt Karlotta.

»Öde«, antwortet Selma. »Engün und Tarkan sind dauernd unterwegs. Trainieren. Die Vereine hier sind offenbar ganz scharf auf gute Leichtathleten. Die reißen sich förmlich um die beiden. Von mir hingegen will keiner was wissen. Und weil ich hier noch kein Schwein kenne, muss ich Mama beim Kistenauspacken helfen.«

»Hört sich echt bescheiden an«, bedauert Karlotta ihre Freundin.

»Arbeitet ihr noch auf dem Friedhof?«

»Für mich ist morgen der letzte Tag«, sagt Karlotta. »Für Calvin war's heute schon vorbei, der muss morgen zum Zahnarzt und kann nicht mehr kommen.«

»Und gibt es sonst etwas Neues bei euch?«, fragt Selma.

»Calvin hat mich heute geküsst«, sagt Karlotta.

»Waaas?«, ruft Selma ungläubig. »Calvin? Dich? Wann? Wo? Wieso? Geht ihr jetzt etwa miteinander?«

Karlotta zuckt mit den Schultern. »Weiß auch nicht«, sagt sie. »Ich glaube, ja. Vielleicht aber auch nicht.«

»Karlotta! Jetzt erzähl schon«, fordert Selma sie auf. »Lass dir doch nicht alles aus der Nase ziehen.«

»Mehr gibt es da eigentlich gar nicht zu erzählen«, behauptet Karlotta.

»Quatsch«, widerspricht Selma. »Also, *wo* habt ihr euch geküsst?«

»Heute am See«, antwortet Karlotta.

Selma fragt und fragt. Und schließlich weiß sie alle Einzelheiten bis hin zur Bremse.

»Ja, und?«, fragt Selma. »Wie fandst du das Küssen?«

»Besser als damals mit dir auf jeden Fall«, antwortet Karlotta grinsend.

»Pah!«, macht Selma und tut beleidigt.

»Es war schon ziemlich aufregend. Und es hat so schön geflattert im Bauch – wie beim Kettenkarussellfahren«, erzählt Karlotta. »Aber irgendwie ist es doch unhygienisch und auch ein bisschen eklig – mit so einer fremden Zunge im Mund … oder?«

»Hm«, macht Selma. »Kommt drauf an, wen man küsst!«

»Vielleicht liegt es daran. Ich weiß nämlich gar nicht so genau, ob das überhaupt richtig war«, sagt Karlotta.

»Was meinst du damit: *ob es richtig war*?«, fragt Selma. »Was soll am Küssen denn falsch sein? Jeder macht es. Und wenn du Calvin küssen willst …«

»Genau das ist es ja«, unterbricht Karlotta ihre Freundin. »Ich weiß nicht genau, ob ich das will.«

»Und warum machst du es dann?«, fragt Selma.

»Das weiß ich auch nicht«, sagt Karlotta. »Calvin hat mich überrumpelt, ich hatte gar keine Zeit mehr zum Nachdenken. Es kam so plötzlich. Na ja, wahrscheinlich hätte ich mir so was denken können. Calvin schaut mich seit einiger Zeit immer wieder so seltsam an. Dann weiß ich gar nicht, was ich sagen oder tun soll. Er sieht dann so verletzlich aus. Ich will nichts Falsches sagen und ihm nicht wehtun – schließlich ist er doch mein bester Freund …« Karlotta kaut an der Nagelhaut ihres linken Zeigefingers. »Ach, Selma, ich weiß selbst nicht, was ich will.«

»Das solltest du aber möglichst schnell herausfinden«, meint Selma trocken.

»Du hast gut reden«, findet Karlotta. »Und wie?«

Selma überlegt einen Augenblick. »Was ist Calvin eigentlich für ein Sternzeichen?«

»Keine Ahnung«, sagt Karlotta. »Wieso?«

»Wann hat er noch mal Geburtstag? Mir fällt es gerade nicht ein.«

»Am neunzehnten März«, antwortet Karlotta.

»Stimmt, jetzt erinnere ich mich!«, sagt Selma. »Calvin ist also Fisch. Wenn du willst, schaue ich mal nach, ob Krebs und Fische überhaupt zusammenpassen.«

»Hm«, macht Karlotta. »Und was soll das bringen?«

Es fängt auf einmal an zu piepsen in Karlottas Hörer.

»Mist!«, flucht Selma. »Meine Telefonkarte ist gleich leer!«

Eigentlich glaubt Karlotta ja nicht an Selmas Astrologie-Kram, aber andererseits …

»Na ja, schaden kann es ja eigentlich nichts«, sagt sie noch schnell.

»Ich kann doch …«, fängt Selma an. Aber dann hört Karlotta nur noch ein Tuten. Die Verbindung ist unterbrochen. Sie trägt das Telefon nach draußen und kuschelt sich dann wieder ins Bett.

Es hat gut getan, mit Selma zu reden. Obwohl Karlotta immer noch nicht viel schlauer ist als zuvor.

*

Zwei Tage später bricht Calvin mit Anabel und seinen Eltern zu einer Kanufahrt auf der Altmühl auf. Karlotta ist die letzte Ferienwoche allein.

Die ersten Tage ohne die Arbeit auf dem Friedhof und ohne Calvin sind irgendwie seltsam. Karlotta wacht morgens immer noch kurz nach sechs auf, aber sie muss ja nicht mehr aufstehen und zum Unkrautjäten. Sie kann so lange schlafen, wie sie will. Allerdings kann sie sich nachmittags auch nicht mehr mit Calvin am Baggersee verabreden. Das ist auf einmal ganz ungewohnt. Schließlich waren Calvin und sie jetzt fast einen Monat lang so gut wie jeden Tag zusammen, von morgens bis abends.

Calvin ist kaum zwei Tage weg, da segelt schon die erste Karte von ihm in ihren Briefkasten. Die muss er gleich am ersten Paddeltag geschrieben haben.

Liebe Karlotta,
nur zu deiner Beruhigung: Wir sind noch nicht gekentert.
Meine Eltern und Anabel haben tierisch Muskelkater in den Armen. Ich nicht. Das kommt bestimmt von den 4 Wochen Unkrautjäten – das trainiert! Ich habe nur ein bisschen Sonnenbrand und vermisse meinen Sombrero – und dich!
Gruß und Kuss
Calvin

Karlotta freut sich über die Karte, aber bei »Gruß und Kuss« muss sie kurz schlucken.

Na ja, vielleicht ist ja einfach alles so wie immer, wenn Calvin zurückkommt, denkt Karlotta.

Sie hat quer über ihren Schreibtisch von Wand zu Wand eine Schnur gespannt, an der sie alle Urlaubskarten von Calvin, Selma und anderen Freunden mit bunten Wäscheklammern aufhängt. Das macht sie jedes Jahr so. Auf diese Weise holt sie sich den Sommerurlaub ins Zimmer. Denn in den Sommerferien kann ihre eigene Familie so gut wie nie wegfahren. Karlottas Vater ist nämlich Bademeister. In den Ferien ist im Freibad natürlich am meisten los, vor allem bei so einem Wetter wie im Augenblick, und das bedeutet dann leider immer Urlaubssperre für die Bademeister!

Das Gute an dieser letzten Ferienwoche ist, dass es vormittags, wenn Karlottas Eltern beide arbeiten sind, keinen Streit gibt, wer wie lange an den Computer und ins Internet darf. Das nutzt Karlotta dann auch sofort aus und mailt Selma einige der Fotos, die sie mit ihrer funkelnagelneuen Digitalkamera gemacht hat.

An: ‹Selma Lotfi› SelmaLuftgeist@planet-earthlink.de
Von: ‹Karlotta› Kaos.Karlo@Sternenweb.de
Betreff: Fotogalerie 1
Datum: Mon, 28 Jul 2003 11:18:39 +0200

Liebe Selma,
ist doch super, dass du in Berlin noch zwei Wochen länger Ferien hast. Habt ihr ja echt geschickt gemacht mit dem Umzug! Ob-

wohl – ich bin ehrlich gesagt froh, dass mit meinem Friedhofsjob jetzt Schluss ist. Die Schufterei war ganz schön anstrengend, das kann ich dir sagen. Eins weiß ich bestimmt: 'ne Gärtnerlehre mache ich nach dem Abi jedenfalls nicht!

Im Moment sind gerade alle irgendwo im Urlaub. Es ist keiner mehr da, mit dem ich mich zwischendurch mal treffen könnte.

Obwohl es jetzt schon die letzte Ferienwoche ist, schleicht die Zeit auf einmal wieder wie im absoluten Schneckentempo dem Schulanfang entgegen. Es kommt mir so vor, als ob die Tage auf einmal um einige Stunden länger geworden wären.

Geht dir das in Berlin auch so?

Ich habe übrigens schon die ersten Bilder mit meiner neuen Digitalkamera gemacht. Sind super geworden! Ich hänge dir mal einige an diese Mail an und hoffe, du kannst sie öffnen.

Die zwei Typen mit Spaten und Rechen sind übrigens Alexander und Oliver, die beiden Gärtner, von denen ich dir erzählt habe. Ich habe sie gestern in ihrer Frühstückspause noch mal kurz besucht. Die haben sich richtig gefreut. Hätte ich gar nicht gedacht, denn solange Calvin und ich noch mit ihnen gearbeitet haben, haben sie immer nur gestänkert.

Zum Glück kennt sich Onkel Christian so gut mit Computern aus. Er hat mir meine Digitalkamera bei ebay *so günstig ersteigert, dass ich fast nicht hätte dafür arbeiten gehen müssen. Jetzt habe ich noch jede Menge Knete übrig und kann echt prassen – oder mir zum Beispiel viele Bahntickets nach Berlin kaufen!!* ☺☺☺

Ich hoffe, ihr habt endlich bald wieder Telefon!

Gruß und Kuss

Karlotta

Dienstags, gleich nach dem Frühstück, stürzt Karlotta sich gemeinsam mit ihrer Mutter und deren Freundin Corinna in den Schlussverkauf, um auf Schnäppchenjagd zu gehen.

Sie nehmen die Straßenbahn. Eine weise Entscheidung, denn die Parkhäuser, an denen sie vorüberfahren, haben alle ein rotes »Besetzt«-Schild über der Einfahrt hängen.

In den Kaufhäusern drängen sich die kaufwilligen Kunden und Kundinnen um die Regale und Kleiderständer. Vor den Umkleidekabinen und an den Kassen bilden sich unendlich lange Schlangen. Manche Leute ziehen sich die T-Shirts, Röcke und Blusen einfach über ihre Kleider, um nicht so lange warten zu müssen.

Karlotta bereut es schon fast, mitgekommen zu sein. In diesem Gedränge macht Einkaufen wirklich keinen Spaß.

Leider ist Corinna eine ausgesprochen ausdauernde Schnäppchenjägerin. Das Gute an ihr ist allerdings, dass sie dabei auch für Karlotta immer wieder hübsche Sachen entdeckt. Schon bald tragen sie alle drei einige Tüten mit Schnäppchenbeute in der Hand.

Zum Glück ist Karlottas Mutter auch schon bald ziemlich k. o. vom langen Anstehen überall.

»Wie wär's mit einer Eispause?«, schlägt sie schließlich erschöpft vor.

»Au ja!«, stöhnt Karlotta, nachdem eine besonders eifrige Dame ihr gerade auf den Fuß getreten ist. »Ich glaube, ich hätte meine Doc Martens anziehen sollen. Die haben Stahlkappen vorne drin.«

Die beiden Frauen lachen.

»Soll ich deine Tüten nehmen, Christine?«, fragt Corinna ihre Freundin fürsorglich.

»Ach was«, erwidert Karlottas Mutter und drückt sich mit der linken Hand ins Kreuz. »Die Tüten sind ja nicht schwer. Aber ich würde mich wirklich gerne mal einen Moment irgendwo hinsetzen.«

Trotzdem nehmen Karlotta und Corinna ihr die Tüten ab. Draußen vor dem Kaufhaus ist die Luft gleich wesentlich besser, und es weht sogar eine leichte Brise.

Direkt um die Ecke auf dem Paradeplatz ist die Eisdiele Fontanella. Sie haben Glück: Gerade, als sie dort ankommen, wird unter einem der grün gestreiften Sonnenschirme direkt neben dem Springbrunnen ein Tisch frei.

Karlotta bestellt ein Spagettieis, ihre Mutter einen Erdbeershake und Corinna einen Eiskaffee.

Jetzt, da sie sitzt, merkt auch Karlotta, wie sehr ihr die Füße wehtun – nicht nur, weil andauernd jemand auf ihre Zehen getreten ist. Sie streckt die Beine von sich und räkelt sich auf ihrem Stuhl.

»Sag mal, Karlotta, findest du nicht, dass du so langsam mal einen BH tragen solltest?«, fragt Corinna plötzlich laut und vernehmlich – ausgerechnet in dem Augenblick, in dem der junge italienische Kellner das Eis bringt.

Der Kellner mustert Karlotta ganz unverhohlen und lächelt süffisant.

Karlotta wird knallrot. Fehlt nur noch, dass er jetzt zustimmend nickt!, denkt sie und möchte am liebsten im Erdboden versinken, in ein Mauseloch kriechen oder zumindest unter den Tisch rutschen. Erwachsene können so peinlich sein! Sie beugt sich schnell nach vorne und wühlt in einer der Tüten, bis Corinna bezahlt hat und der Kellner wieder weg ist.

»Kannst du das vielleicht noch lauter durch die Gegend brüllen?«, zischt Karlotta.

»Wieso?«, fragt Corinna mit unschuldiger Miene zurück. »Was ist denn dabei, wenn man einen BH trägt? Ich trage einen, deine Mutter trägt einen ... Es gibt wunderschöne BHs, die eigentlich viel zu schade zum Druntertragen sind: blickdichte und durchsichtige, welche mit Spitze und ...«

»Oh Mann! Corinna!«, stöhnt Karlotta genervt und schaut sich dabei möglichst unauffällig um.

Die Jungs zwei Tische weiter scheinen zum Glück nicht zuzuhören, und der Mann und die Frau am Nebentisch sind auch in ihr eigenes Gespräch vertieft.

»Aber ich komme wirklich ganz prima ohne aus!«, sagt Karlotta mit gedämpfter Stimme.

»Papperlapapp!«, sagt Corinna energisch. »Ich schenke dir jetzt einfach einen! Deine Mutter lassen wir noch eine halbe Stunde hier im Schatten sitzen, und wir beide gehen Dessous für dich einkaufen.«

Karlottas Mutter hat die ganze Unterhaltung mit einem unergründlichen Lächeln verfolgt, ohne selbst etwas dazu zu sagen – ganz untypisch! Karlotta beschleicht der leise Verdacht, dass dieser Vorstoß mit dem BH eine abgekartete Sache zwischen den beiden Frauen ist. Ihre Mutter hat nämlich selbst auch schon einige Male vorgeschlagen, Karlotta einen BH zu kaufen. Aber Karlotta ist es bisher immer wieder gelungen, diese Anläufe abzuwiegeln.

Corinna schlürft mit dem Strohhalm den letzten Schluck ihres Eiskaffees aus dem Becher und steht auf. »Komm!«, fordert sie Karlotta gut gelaunt auf.

Karlotta schaut ihre Mutter Hilfe suchend an, aber die zuckt nur mit den Schultern.

»Jetzt hab ich aber keine Lust!«, knurrt Karlotta mürrisch und bleibt wie angeklebt sitzen.

»Na gut«, sagt Corinna und setzt sich auch wieder hin. Sie holt ein paar Scheine aus ihrem Portmonee, faltet sie einmal in der Mitte und hält sie Karlotta hin. »Vielleicht macht es dir sowieso mehr Spaß, wenn du mit einer Freundin zusammen einkaufen gehst.«

Karlotta nimmt das Geld und zählt nach. Funfunddreißig Euro! »Sind BHs denn so teuer?«, fragt sie.

Corinna lacht. »Wie immer sind nach oben kaum Grenzen gesetzt! Es müsste jedenfalls für einen, vielleicht sogar für zwei schöne Teile für dich reichen. Aber wenn du ihn schon nicht mit mir zusammen kaufen gehen willst, musst du mir deinen ersten BH dann wenigstens mal vorführen. Versprochen?«

»Versprochen«, sagt Karlotta und ist froh, dass dieser Kelch heute noch einmal an ihr vorübergegangen ist.

»Mit wem willst du denn den BH kaufen gehen?«, fragt Karlottas Mutter neugierig. »Selma ist ja jetzt in Berlin ...«

»Mal sehen«, antwortet Karlotta ausweichend. Doch darüber hat sie eben auch nachgedacht. Calvin kommt als Begleitung in diesem Fall ja wohl kaum in Frage. Vielleicht mit Celina?

Als Karlotta nach dem Abendessen noch einmal kurz online geht, hat sie eine Mail von Selma in ihrem Postfach.

An: ‹Karlotta› Kaos.Karlo@Sternenweb.de
Von: ‹Selma Lotfi› SelmaLuftgeist@planet-earthlink.de
Betreff: Krebs & Fische: ein Herz und eine Seele!
Datum: Tues, 27 Jul 2003 16:18:39 +0200

Liebe Karlotta,
du hast ja keine Ahnung, wie schnell in einer Großstadt wie Berlin so ein kümmerliches Taschengeld wie meins aufgebraucht ist! Auf jeden Fall reicht es leider im Augenblick nicht für eine neue Telefonkarte. Ich hoffe, die Typen von der Telekom kommen bald mal in die Gänge und verbinden uns endlich wieder mit dem Rest der Welt!

Danke für die Bilder, die du mir gemailt hast. Und du kannst mit deiner Digitalkamera einfach gleich alle Fotos auf der Festplatte speichern? Ist ja echt super!

Mach doch mal ein paar in der Schule für mich, damit ich kein Heimweh kriege!

Aber jetzt zu Wichtigerem. Also, pass auf: Ich weiß jetzt ganz genau, welche Jungs zu dir passen und welche nicht.

Halte dich fern von Jungfrauen *(Geburtstag zwischen 24. 8. und 23. 9.),* Waagen *(24. 9.– 23. 10.) und* Schützen *(23. 11.– 21. 12.).*

Mit einem Skorpion *(24. 10.– 22. 11.),* Löwen *(23. 7.– 23. 8.) oder* Stier *(21. 4.– 20. 5.) hingegen könnte es bei dir klappen.*

Dass Krebse *und* Fische *ideal zusammenpassen, überrascht dich bestimmt nicht wirklich, oder? Schließlich ist Calvin ja schon lange dein* ***b****ester Freund – und jetzt* (vielleicht doch?) *dein* ***f****ester?*

Von den Sternen her würdet ihr jedenfalls super zusammenpassen. Krebs + Fische *sind beides hoffnungslose Romantiker. Beide kommen aus demselben Element, dem Wasser. Liebe und Freundschaft ist beiden unendlich wichtig. Zwar sind* Fische *ziemlich chaotisch und unordentlich (trifft doch voll auf Calvin zu, oder?!), aber das gleichen die* Krebse *mit ihrer Ordnungsliebe bestens wieder aus (das passt leider nicht! In dem Punkt bist du eindeutig eher* Fisch *als* Krebs*!!).*

Vielleicht hilft dir das ja weiter.

Ich habe übrigens gestern im Treppenhaus einen total süßen Jungen getroffen. Leider war ich völlig eingestaubt, weil ich mit Mama einiges in den Keller geräumt hatte. Ich hatte sogar ein Kopftuch auf! Wahrscheinlich hat er gedacht, ich wäre eine dieser sehr traditionell erzogenen Türkinnen. Aber er hat ganz süß gelächelt. Ich muss unbedingt irgendwie herausfinden, ob er hier im Haus wohnt! (Und was für ein Sternzeichen er ist, natürlich!)

Der erste Anruf, sobald unser Telefon angeschlossen ist, geht zu dir!

Halt die Ohren steif & halte dich von Schützen fern!

Alles Liebe

Selma

Kopf unter Wasser

An den Baggersee mag Karlotta alleine nicht gehen. Stattdessen geht sie jetzt lieber ins Freibad. Hier kennt sie zumindest die Bademeister. Zwar haben die auch immer zu tun, aber wenigstens kann Karlotta ab und zu mal mit jemandem plaudern. Vormittags, wenn noch nicht so viel los ist, üben ihr Vater und Jacky manchmal sogar die Befreiungsgriffe oder Abschlepptechniken mit ihr. Karlotta hat nämlich beschlossen, für das DLRG-Rettungsschwimmer-Abzeichen zu trainieren.

»Pack mich weiter oben! Nicht am Hals! Unterm Kinn! Du drückst mir ja sonst die Kehle zu«, protestiert Jacky, als Karlotta mal wieder versucht, ihn quer durch das Becken abzuschleppen.

Er packt Karlottas Hand und legt sie locker unter sein Kinn. »Hierher! Nicht an den Hals! Sonst hat dein Ertrinkender nicht lange was von seiner Rettung!«

Karlotta legt sich möglichst flach auf den Rücken und zieht Jacky hinter sich her. Auf dem Rasen hätte sie ihn keinen Zentimeter vom Fleck bewegen können, Jacky wiegt nämlich locker hundert Kilo. Aber Wasser trägt ja zum Glück – selbst solche Schwergewichte wie Jacky.

Plötzlich hört Karlotta schräg neben sich einen Aufschrei,

dann gleich darauf ein lautes Platschen. Sie wendet den Kopf und sieht ein Kind, das kurz strampelt, um sich schlägt und dann untergeht.

Ohne zu überlegen, lässt Karlotta Jacky los – der nun seinerseits prustend untergeht. Sie schwimmt auf das Kind zu, bekommt es zu packen und zieht es nach oben. Das Kind strampelt, hustet und keucht. Und dann klammert es sich in wilder Angst mit Armen und Beinen an Karlotta.

Karlotta versucht trotzdem weiterzuschwimmen. Es ist ja nicht weit bis zum Beckenrand. Aber das Kind umklammert ihren Hals. Karlotta bekommt keine Luft. Sie kann nicht mehr richtig schwimmen und merkt, dass sie selbst gleich untergeht. Sie rudert mit den Armen, reckt den Kopf und versucht, ihn über Wasser zu halten. Dann bekommt sie Wasser in die Nase, muss husten und versinkt …

Da wird sie zum Glück gepackt und hochgezogen. Japsend und prustend schnappt sie nach Luft.

Jacky packt das Kind in einen Arm, nimmt Karlotta in den anderen und ist mit zwei kräftigen Schwimmstößen am Beckenrand. Er schiebt erst das kleine Mädchen und dann Karlotta aus dem Wasser.

Karlotta und die Kleine sitzen nebeneinander auf den sonnenwarmen Sandsteinplatten. Sie haben eine ordentliche Ladung Schwimmbadwasser geschluckt. Die Augen tränen, der Hals kratzt, und sie müssen immer wieder husten.

Jacky geht zwischen den beiden in die Hocke. »Geht's wieder?«, fragt er besorgt.

Karlotta nickt.

Das kleine Mädchen fängt an zu weinen.

»Ist ja gut«, sagt Jacky und will sie auf den Arm nehmen. Aber die Kleine weicht zurück und weint noch lauter. Offenbar hat sie Angst vor dem fremden Riesen mit der tiefen Stimme. Schutz suchend läuft sie zu Karlotta.

»Hab keine Angst!«, krächzt Karlotta. Das Chlorwasser brennt immer noch in ihrem Hals. Sie steht auf und nimmt das Kind in den Arm.

»Wir müssen die Kleine ausrufen lassen«, sagt Jacky. »Na warte, den Eltern mache ich die Hölle heiß! Passt man etwa so auf sein Kind auf? Es hätte sonst was passieren können, wenn du nicht gewesen wärst und den Zwerg hochgeholt hättest!« Jacky schüttelt verständnislos den Kopf. »Wir Bademeister können unsere Augen schließlich auch nicht überall gleichzeitig haben!«

»Aber du hast doch …«, wendet Karlotta ein.

»*Du* hast sie gerettet!«, stellt Jacky klar. »Ich habe dir nur ein wenig beigestanden. Das mit den Befreiungsgriffen musst du halt noch ein bisschen besser üben. Sonst ziehen die, die du retten willst, dich gleich mit in die Tiefe!«

Er legt Karlotta grinsend den Arm um die Schulter und schiebt sie voran. »Und jetzt komm.«

Karlottas Vater macht gerade seine Runde am Sprungbecken. Er winkt ihnen zu, bevor Karlotta mit Jacky im Bademeisterhäuschen verschwindet.

»Wie heißt du denn?«, fragt Jacky das kleine Mädchen.

Sie schaut ihn nur verschüchtert an und kaut auf ihrer Unterlippe.

»Ich bin Karlotta, das ist Jacky, und wie heißt du?«, versucht Karlotta ihr Glück.

»Caroline Louisa Becker«, haucht das Kind.

Jacky nickt grimmig und schaltet das Mikrofon ein. »Die Eltern von Caroline Louisa Becker werden gebeten, ihre Tochter umgehend beim Bademeister abzuholen!«, dröhnt seine Stimme vielfach verstärkt über das Freibadgelände.

Karlotta hat jetzt schon Mitleid mit Carolines Eltern, die nicht wissen können, was für ein Donnerwetter sie hier erwartet.

Nach wenigen Minuten streckt ein Mädchen mit raspelkurzen blonden Haaren den Kopf durch die Tür. Sie ist ungefähr in Karlottas Alter und sieht sehr besorgt aus.

»Entschuldigung … Sie hatten …«, beginnt sie ein wenig außer Atem. Sie ist offenbar ziemlich schnell hierher gerannt. »Ich suche …«

»Tori!«, schreit Caroline, rutscht von Karlottas Schoß und rennt dem Mädchen entgegen.

»Caroline!«, ruft das Mädchen und schließt die Kleine in die Arme. Dann hält sie das Kind auf Armeslänge von sich und fragt vorwurfsvoll: »Wo hast du denn bloß schon wieder gesteckt?«

»Das muss man doch eher dich fragen!«, poltert Jacky los. »Ist das deine kleine Schwester?«

Das Mädchen mit den kurzen, blonden Haaren nickt.

»Wenn Karlotta hier nicht gewesen wäre …«, Jacky deutet stolz neben sich, und Karlotta wird rot, »… dann wäre die kleine Caroline vorhin wahrscheinlich ertrunken!«

Das Mädchen wird ganz blass. »Aber … ich war doch nur schnell mal auf dem Klo. Als ich zurück zu unserer Decke kam, war Caroline nicht mehr da. Ich habe überall nach ihr gesucht …«

»Du warst so lange weg«, sagt Caroline und ergreift die Hand ihrer großen Schwester. »Da bin ich losgegangen, um dich zu suchen.«

Als Jacky sieht, wie erschrocken das Mädchen ist, verraucht sein Zorn schon wieder. »Pass das nächste Mal gefälligst besser auf deine kleine Schwester auf«, grollt er trotzdem noch ein bisschen.

Das Mädchen nickt ganz verschüchtert.

Doch Jacky ist noch nicht fertig mit seiner Gardinenpredigt. »Und du hörst besser auf das, was deine große Schwester dir sagt«, wendet er sich an Caroline. »Wenn sie dir sagt, dass du warten sollst, rührst du dich das nächste Mal nicht vom Fleck, verstanden?«

Caroline nickt gehorsam. Und jetzt, an der Hand ihrer großen Schwester, ist sie sogar mutig genug, Jacky schüchtern anzulächeln.

Das bringt das Herz des hünenhaften Bademeisters endgültig zum Schmelzen. Er schiebt die drei Mädchen aus der Tür und brummt: »So, dann geht ihr jetzt zum Kiosk, und holt euch auf den Schreck erst mal ein Eis. Karlotta, sag Frau Brendel einen schönen Gruß von mir, sie soll anschreiben. Das Eis geht aufs Freibad!«

»Danke, Jacky«, sagt Karlotta.

»Ja, danke«, sagen auch Caroline und ihre große Schwester. Jacky nickt nur und schließt die Tür des Bademeisterhäuschens hinter sich ab.

Hier draußen auf der Wiese begrüßt sie sofort wieder der

Badelärm: Quieken, Schreien, Rufen ... Zwei Jungen jagen an ihnen vorbei, und Karlotta muss schnell einen Schritt zur Seite machen, damit sie nicht angerempelt wird.

»Blödmänner!«, murmelt sie empört.

»Jungs«, sagt das Mädchen kopfschüttelnd und in einem Ton, als wäre Blödmänner eigentlich nur ein anderes Wort für Jungs. Karlotta und das Mädchen grinsen sich an.

Sie gehen Richtung Kiosk. Caroline ist schon wieder ganz munter und hüpft an der Hand ihrer großen Schwester neben den beiden großen Mädchen her.

»Und du hast Caroline wirklich gerettet?«, fragt das Mädchen. »Du musst ja supergut schwimmen können!«

»Kann sie auch!«, plappert Caroline dazwischen. »Weil, ich bin nämlich ins Wasser gefallen. In dem großen Becken, in dem man gar nicht stehen kann, nicht mal bis auf den Grund gucken kann man, so tief ist es da ...«

»Ist schon okay!«, unterbricht Karlotta den Redestrom der Kleinen. »Ich war gerade in der Nähe und hab sie einfach hochgezogen. Aber zum Beckenrand gebracht hat uns dann Jacky.«

»Vielen Dank!«, sagt das Mädchen. Sie hält ihre kleine Schwester fest an der Hand und sieht wirklich ungeheuer erleichtert aus.

»Schon okay«, sagt Karlotta noch einmal. »Lass uns jetzt lieber über was anderes reden. Wie heißt du überhaupt?«

»Viktoria. Viktoria Becker.«

»Ich heiße Karlotta Erichsen.«

Viktoria nickt. »Bist du oft hier im Schwimmbad?«

»Fast jeden Tag«, antwortet Karlotta. »Mein Vater ist hier Bademeister.«

»Jacky ist dein …?«

»Nein, doch nicht Jacky!«, unterbricht Karlotta sie.

»Jacky ist aber nett!«, kräht Caroline dazwischen.

»Ist er auch«, bestätigt Karlotta lächelnd. Sie sind inzwischen am Schwimmbadkiosk angekommen. »Setzt euch doch schon mal hierher.« Karlotta deutet auf einen der kleinen Klapptische mit drei Stühlen drumherum. »Ich besorge uns das Eis.«

Karlotta kennt Frau Brendel schon seit sie denken kann. Sie ist eine kleine, drahtige Frau, deren Stimme vom vielen Rauchen ganz tief und rau geworden ist. Als Kind hatte Karlotta immer ein bisschen Angst vor ihr, obwohl Frau Brendel ihr fast jedes Mal ein Eis oder einen Lutscher geschenkt hat.

Karlotta stellt sich nicht in die Schlange vor dem Ausgabefenster, sondern steckt den Kopf durch die Tür.

»Hallo, Frau Brendel. Jacky sagt, er spendiert drei Eis.«

Frau Brendel dreht sich beim Pommessalzen kurz um. »Nimm sie dir einfach aus der Truhe, Karlotta.«

Dann nimmt Frau Brendel noch eine Wurst aus dem Topf auf dem Herd. »Jackys Anschreib-Liste wird immer länger. Ich werde ihm wohl bald mal den Gerichtsvollzieher ins Haus schicken müssen«, knurrt sie.

Karlotta grinst nur. Früher hätte sie Angst um den armen Jacky gehabt, aber mittlerweile weiß sie, dass Frau Brendel das nicht so meint.

Sie holt sich drei große Schoko-Eistüten aus der Truhe, ruft »Danke!« und geht.

Als sie zurück an den Tisch kommt, sitzt plötzlich ein dunkelhäutiger Junge mit lockigen, schwarzen Haaren neben Viktoria. Er hat seine Haare zu einem Pferdeschwanz gebunden – und er hat einen Arm um Viktorias Schulter gelegt!

Caroline greift sofort nach ihrer Eistüte, aber Viktoria bemerkt Karlotta zunächst gar nicht.

»Toria«, sagt Caroline. »Karlotta hat dir auch ein Eis mitgebracht.«

»Oh«, sagt Viktoria und setzt sich aufrechter hin. Sie nimmt das Eis, das Karlotta ihr hinhält. »Danke schön.« Schweigend wickelt sie das Papier von der Eistüte.

Die Stühle sind nun alle drei besetzt. Karlotta steht einen Augenblick unschlüssig da. Keiner sagt etwas. Der Junge malt mit dem Zeigefinger Kreise auf Viktorias Schulter, Caroline ist ganz ins Eisessen vertieft, und Viktoria schaut so gebannt auf ihr Bein, dass man glauben könnte, sie sähe es gerade zum ersten Mal.

Was ist denn hier auf einmal los?, denkt Karlotta. Ob Viktoria lieber mit dem Jungen alleine sein will? Ich glaube, ich bin hier in der Runde gerade die Stachelbeere: grün, haarig und unerwünscht. Deshalb sagt sie schließlich: »Tja, ich muss zurück. Tschüs dann.«

»Schade!« Caroline fängt mit der Zunge einen Tropfen Eis auf, der an der Waffel herunterläuft.

»Bleib doch!«, sagt Viktoria, und es klingt, als meine sie es ernst. Aber Karlotta hat sich schon umgedreht.

»Vielleicht sehen wir uns ja morgen hier im Schwimmbad wieder?«, ruft Viktoria ihr hinterher.

Karlotta zuckt mit den Schultern. »Vielleicht«, antwortet sie.

Die Neue

Doch an diesem Samstag, dem vorletzten Ferientag, müssen Viktoria und Caroline vergebens auf Karlotta warten. Sie geht nämlich doch nicht ins Schwimmbad. Ihr Vater kann sich ganz überraschend frei nehmen. Und als er beim Frühstück fragt: »Wie wäre es mit einer Fahrradtour?«, ist Karlotta sofort begeistert.

»Au ja! Mit Picknick und Besuch in einer Eisdiele!«

»Fahrrad fahren bei dieser Hitze?«, fragt Karlottas Mutter mit weit weniger Enthusiasmus.

»Natürlich fahren wir im Wald«, versichert Herr Erichsen und schenkt sich noch eine Tasse Kaffee ein. »Wir machen viele schattige Pausen und …«

Aber Karlottas Mutter ist trotzdem nicht sonderlich begeistert. »Wenn es euch nichts ausmacht«, unterbricht sie ihn, »bleibe ich lieber hier und lege mich ein bisschen schlafen.«

Karlotta zuckt mit den Schultern. Ein Ausflug nur mit ihrem Vater ist auch okay.

Herr Erichsen fragt besorgt: »Sollen wir dann nicht auch lieber dableiben?«

Karlottas Mutter schüttelt energisch den Kopf. »Mir geht es bestens«, versichert sie. »Ich bin wirklich nur ein wenig müde. Fahrt ihr doch!«

»Wenn du meinst, Christine …«, sagt Herr Erichsen zögernd. Aber da Karlotta sich so sehr auf die Fahrradtour freut, gehen Vater und Tochter nach dem Frühstück eben zu zweit schwer bepackt hinunter in den Keller.

In Gedanken ist Karlottas Vater aber offenbar immer noch bei seiner Frau. »Das ist sicher die Schwangerschaft«, sagt er, während er sein Fahrrad aufpumpt und Karlotta die Picknickvorräte in die Satteltaschen verteilt.

Karlotta wird rot. Frau Heyne, ihre alte Nachbarin von gegenüber, hängt im Keller nebenan gerade Wäsche auf.

Die hört das doch bestimmt! Neugierig, wie sie ist. Und ihr Vater redet ja auch nicht gerade leise! Wieso müssen alle überhaupt andauernd darüber reden? Wie peinlich!

Man wird es doch sowieso irgendwann sehen, wenn Mamas Bauch dicker wird. Aber es muss ja schließlich nicht schon jetzt jeder wissen.

Ihr Vater bemerkt die Verlegenheit von Karlotta offenbar gar nicht. »Als deine Mutter mit dir schwanger war, war sie während der ersten Monate auch immer ganz schrecklich müde. Das gibt sich aber wieder«, erklärt er ungerührt weiter. Er steht auf und prüft mit dem Daumen den Luftdruck der Reifen von Karlottas Fahrrad.

Karlotta hört erleichtert, wie sich die Fahrstuhltür schließt. Ein Glück, Frau Heyne ist wieder nach oben gefahren. Und prompt sagt auch ihr Vater nichts Peinliches mehr, sondern redet über so Unverfängliches wie die Schule, Omas Geburtstag und das heiße Wetter, das die Leute in hellen Scharen in die Freibäder treibt. Typisch!

Als sie zurückkommen, ist Karlotta ziemlich k. o. Immerhin sind sie ja auch fast sechzig Kilometer geradelt! Aber allein schon für den Besuch beim Eis-Jelchen, der kleinen Eisdiele in Einhausen, hat sich die weite Fahrt gelohnt. Das Pflaumeneis dort ist einfach göttlich!, findet Karlotta.

»Ach, übrigens, Karlotta, Calvin hat angerufen«, sagt ihre Mutter, als Karlotta sich mit einem großen Glas Apfelsaftschorle zu ihr auf den Balkon setzt.

»Sind Krauses etwa schon wieder da?«, fragt Karlotta erstaunt.

Ihre Mutter schüttelt den Kopf. »Sie kommen am Montag, vielleicht sogar erst am Dienstag wieder zurück.«

»Aber Montag fängt doch die Schule schon wieder an«, sagt Karlotta.

»Calvin hat sich den Arm gebrochen«, erklärt ihre Mutter. »Er musste ins Krankenhaus …«

»Ach je, der Arme. Beim Paddeln?«

Ihre Mutter nickt. »Er ist mit Anabel eine Kanurutsche an einem Wehr runtergeschliddert und gekentert. Anabel ist nichts passiert.«

»Das hat ihn bestimmt am meisten geärgert!«, sagt Karlotta grinsend.

Ihr Vater setzt sich zu ihnen auf den Balkon. Die drei beobachten schweigend, wie die Sonne glutrot am Horizont versinkt.

»Wie im Urlaub!«, findet Karlottas Vater und räkelt sich zufrieden.

»Fehlt nur noch das Meeresrauschen«, meint Karlotta. Auch sie ist äußerst zufrieden mit diesem Tag.

Ihr Vater nippt an seinem Rotwein, während seine Frau einen Schluck kalten Früchtetee nimmt.

»Schmeckt zwar nicht so gut wie dein Wein, ist aber immerhin auch rot«, meint ihre Mutter und schielt dabei sehnsüchtig auf das Rotweinglas ihres Mannes. »Während der nächsten Monate keinen Wein mehr trinken zu dürfen, ist wirklich hart!«, sagt sie seufzend.

Schon wieder dieses Thema! Karlotta schnappt sich ihre Apfelsaftschorle und krabbelt über die Beine ihrer Eltern, die alle beide die Füße auf das Balkongeländer gelegt haben. »Ich ruf noch mal bei Selma an«, verkündet sie.

»Aber höchstens eine halbe Stunde!«, ruft ihr Vater ihr nach. »Dass Selma nach Berlin gezogen ist, wird uns noch in den Ruin treiben«, seufzt er. »Was haben die beiden sich immer nur so lange zu erzählen?«

Karlotta sieht noch, wie ihre Mutter lächelnd mit den Schultern zuckt.

Selma nimmt schon nach dem ersten Klingeln ab.

»Hast du neben dem Telefon auf meinen Anruf gewartet?«, fragt Karlotta grinsend.

»Gewissermaßen«, antwortet Selma. »Ich wollte nämlich auch gerade bei dir anrufen.«

»Zwei Hirne, ein Gedanke!«, meint Karlotta pathetisch.

Das passierte ihr wirklich ziemlich oft mit Selma: Entweder sagen sie das Gleiche zur gleichen Zeit, oder sie haben den gleichen Gedanken … »Aber jetzt fang bloß nicht wieder mit der kosmischen Verbundenheit unserer verwandten Seelen an«, warnt Karlotta ihre Freundin.

»Zicke!«, sagt Selma.

Selma hat einen Hang zum Esoterischen. Sie liest nicht nur Horoskope wie alle anderen Mädchen, die Karlotta kennt. Selma hat jede Menge Bücher über den Einfluss der Sterne, über das Legen von Tarotkarten, und seit neuestem besitzt sie sogar ein Computerprogramm, mit dem sie alle möglichen Spezialhoroskope erstellen kann.

»Und, hast du deinen süßen Jungen wieder gesehen?«, fragt Karlotta.

»Ja. Er heißt Tommy und geht zufälligerweise sogar in die gleiche Schule, auf die ich auch gehen werde«, berichtet Selma. »Aber in die 8. Klasse, eine Klasse über mir.«

»Und, welches Sternzeichen?«, fragt Karlotta grinsend.

»Weiß ich noch nicht«, antwortet Selma. »Das finde ich aber schon noch raus. Wir sind morgen zum Eisessen verabredet.«

»Super!«, sagt Karlotta. »Das ging ja echt schnell!«

»Und wie steht es mit dir und Calvin?«, wechselt Selma das Thema.

»Calvin hat sich den Arm gebrochen«, erzählt Karlotta. »Er kommt morgen noch gar nicht in die Schule. Ich hab ihn seit dem Abend, bevor er in Urlaub gefahren ist, noch nicht wieder gesehen. Da haben wir uns noch mal geküsst bei mir vor der Haustür. Aber vielleicht hat er die ganze Küsserei ja in der Zwischenzeit einfach vergessen?«

»Darauf würde ich eher nicht wetten«, meint Selma ohne große Zuversicht.

Nach den Sommerferien zum ersten Mal wieder in der Schule sein, ist ein bisschen wie ein Besuch bei Verwandten, die man lange nicht mehr gesehen hat, findet Karlotta. Am Anfang freut man sich darüber, alle wieder zu sehen; darüber, dass die Wände in den Mädchenklos frisch gestrichen sind und dass die Fische im großen Schulaquarium noch leben.

Am ersten Tag nach den langen Sommerferien nerven einen weder die quirligen Fünftklässler, die durch die Gänge rennen, als wären sie vom wilden Affen gebissen, noch das griesgrämige Gesicht des Hausmeisters, der mit Entsetzen beobachtet, wie hunderte schmutziger Schülerschuhe über die auf Hochglanz polierten Fußböden schlurfen.

Aber diese Wiedersehensfreude – das weiß Karlotta aus Erfahrung – verwandelt sich spätestens mit der ersten Ankündigung von Hausaufgaben oder einer Klassenarbeit in eine mit jedem weiteren Schultag wachsende Feriensehnsucht.

Karlotta schließt ihr Fahrrad ab und betritt das Schulgebäude. Durch die großen Fenster der Pausenhalle sieht sie, dass die Oberstufenschüler schon wieder im Raucherhof stehen. Um diese Uhrzeit! Ihr Vater hat früher auch mal geraucht. Karlotta findet alleine den Geruch schon eklig.

Zuerst geht sie zum schwarzen Brett. Wie immer am ersten Schultag herrscht hier großes Gedränge. Am schwarzen Brett, das eigentlich knallrot ist, sind die neuen Klassenräume angeschlagen, und alle Schülerinnen und Schüler müssen hier nachschauen, wo sie eigentlich hinmüssen. Karlotta stellt ihre Schultasche gegen das Treppengeländer und wirft sich ins Getümmel.

Schräg vor ihr drängt Celina in die entgegengesetzte Richtung. »Oh nein, Karlotta, ein echter Supergau! Ich will wieder nach Hause! Wir haben die Kupsch-Rühr!«, ruft sie schon von weitem.

»Stell dir vor: Die Kupsch ist unsere neue Klassenlehrerin!«, wiederholt sie fassungslos, als sie Karlotta erreicht hat. »Und das Schlimmste ist: Wir haben sie jetzt nicht nur in Franz, sondern auch in Englisch!«

»Hätte doch echt noch schlimmer kommen können«, findet Karlotta. »Stell dir vor, wir hätten diesen Fiesling Eckhardt bekommen.« Karlotta schüttelt sich.

Berthold Eckhardt ist Mathelehrer und der festen Überzeugung, dass Mädchen ohnehin nichts blicken und allesamt lieber eine Hauswirtschaftsschule als ein Gymnasium besuchen sollten.

Celina sieht sie zweifelnd an. »Nichts kann schlimmer sein!«, sagt sie voller Inbrunst. »Wieso musste Frau Hock uns das auch antun! Ein Jahr lang Weltreise. Als ob das sein müsste!«

Birgit Hock ist die letzten drei Jahre ihre Klassenlehrerin gewesen. Sie war äußerst beliebt bei den Schülern. Auch Karlotta hat sie ausgesprochen gern gemocht. Leider hat sie sich Ende des vergangenen Schuljahres beurlauben lassen, um sich ein Jahr in der Welt umzuschauen.

Frau Kupsch-Rühr unterrichtet Englisch und Französisch, und Celina ist in keinem dieser beiden Fächer eine große Leuchte.

»Hast du auch unseren neuen Klassenraum schon abgeschrieben?«, fragt Karlotta.

Celina nickt. »H 113«, sagt sie nach einem kurzen Blick auf ihren Zettel.

Hauptgebäude, erster Stock, Raum 13, das ist ein Raum auf der Südseite, überlegt Karlotta. Hell und sonnig, aber im Sommer unerträglich heiß – trotz der Jalousien.

Karlotta schnappt sich ihre Schultasche und schlendert neben Celina die Stufen in den ersten Stock hinauf.

Celina erzählt von ihren Ferien. Ihre Eltern haben sie drei Wochen in ein Sommercamp in Llangorse in Wales geschickt – damit sie besser Englisch lernt.

»Zuerst wollte ich ja um keinen Preis der Welt dorthin. Ein Minidorf am Arsch der Welt. War dann aber eigentlich doch ziemlich cool«, sagt Celina.

Sie sind inzwischen im ersten Stock angelangt. Celina stößt mit dem Fuß die Klassentür auf und schwingt ihren Rucksack auf die vom Lehrerpult am weitesten entfernte freie Schulbank. »Ich hab Fechten, Bogenschießen und Segeln gelernt. Wir haben Berg- und Höhlenwanderungen gemacht … Und die Engländer waren eigentlich auch ganz okay.« Sie lächelt. »Manche waren sogar ziemlich süß …«

»Und, hat es was gebracht?«, fragt Karlotta. »Kannst du jetzt wirklich besser Englisch?«

»Keine Ahnung. Wird sich zeigen«, meint Celina schulterzuckend.

Plötzlich sieht Karlotta aus den Augenwinkeln etwas auf sich zufliegen. Sie duckt sich reflexartig. Der Schwamm verfehlt Celina knapp, fliegt über Karlotta hinweg und direkt auf die Tür zu, die genau in diesem Moment geöffnet wird.

Karlotta hat sich wieder aufgerichtet und schaut dem Schwamm hinterher. Er trifft mit voller Wucht ein Mädchen, das gerade den Klassenraum betritt. Sie schreit erschrocken auf – und hat einen großen nassen Fleck auf dem T-Shirt.

Das lebhafte Gemurmel im Klassenzimmer verstummt wie auf Kommando, und alle Blicke sind auf die offene Tür und das Mädchen mit dem nassen T-Shirt gerichtet.

Alle starren sie neugierig an. Hat das Mädchen sich im Klassenraum geirrt, oder ist sie eine Neue?

Keiner kennt sie. Keiner außer Karlotta.

»Ufos am Morgen vertreiben Kummer und Sorgen«, sagt das Mädchen. Sie hebt den Schwamm auf, trägt das nasse Wurfgeschoss ganz selbstverständlich zum Waschbecken, dreht sich um und sagt mit einem breiten Lächeln: »Nette Begrüßung. Wenn das so weitergeht hier bei euch, wird es bestimmt kein langweiliges Schuljahr!«

Jojo, der den Schwamm offenbar als Begrüßung für Karlotta gedacht hatte, grinst zurück. »Scheint ja ganz in Ordnung zu sein, die Neue«, raunt er Linus zu.

»Auf jeden Fall ist sie nicht zickig«, pflichtet Linus seinem Freund bei.

»Normalerweise werfen wir mit reifen Tomaten auf unsere Neuen!«, ruft Jojo dem Mädchen zu.

Das Mädchen grinst zurück. »Da hab ich ja noch richtig Glück gehabt!«

»Viktoria!«, ruft Karlotta. »Was machst du denn hier?«

Als sie ihren Namen hört, sucht Viktoria überrascht die Gesichter ihrer neuen Mitschüler ab. Ihr Blick bleibt an Karlotta hängen. »Karlotta!«, ruft sie überrascht. »Das ist ja ein witziger Zufall ...«

Sie geht auf Karlotta zu. In dem Moment hört man vor der Tür das kurze, schnelle Klackern hoher Absätze, dann betritt Frau Kupsch-Rühr das Klassenzimmer. Viktoria bleibt stehen, um nicht mit der Lehrerin zusammenzustoßen.

»Guten Morgen!«, sagt Frau Kupsch-Rühr. »Setzt euch doch bitte erst einmal.«

Viktoria bleibt ein wenig unschlüssig vorne stehen.

»Du bist sicher Viktoria Becker, die Neue. Herzlich willkommen. Am besten, du setzt dich neben Karlotta«, sagt Frau Kupsch-Rühr und streicht sich mit ihren langen, rot lackierten Fingernägeln eine blondierte Haarsträhne aus der Stirn. »Neben euch ist doch noch ein Platz frei, oder?«

Celina und Karlotta nicken.

Eigentlich hat Karlotta diesen Platz ja für Calvin freihalten wollen. Aber es würde jetzt ziemlich unfreundlich klingen, wenn sie zu Viktoria sagen würde, sie könne sich nicht neben sie setzen.

Zu Karlottas Überraschung wird Viktoria knallrot.

So cool, wie sie tut, ist sie wohl doch nicht, denkt Karlotta.

»Woher kennst du die Neue eigentlich?«, fragt Celina flüsternd.

»Aus dem Schwimmbad«, flüstert Karlotta zurück. Nähere Erklärungen will sie dazu jetzt nicht geben. Aber diese Auskunft scheint Celina zunächst auch zu genügen.

Frau Kupsch-Rühr diktiert der 7b den Stundenplan und teilt die neuen Englisch- und Französischbücher aus. Dann ist die erste Stunde auch schon zu Ende.

»In der nächsten Englischstunde werden wir noch die Klassensprecher wählen«, kündigt Frau Kupsch-Rühr an, »aber dann ist endgültig Schluss mit dem Bummelleben, Leute. Danach beginnen wir nämlich mit dem Stoff!«

»Ächz! Stöhn!«, macht Celina rechts neben Karlotta und verdreht die Augen.

»Scheint ja ganz schön streng zu sein, unsere Klassenlehrerin«, bemerkt Viktoria links neben Karlotta stirnrunzelnd.

»Das kann man wohl sagen!«, bestätigt Celina. »Warte erst mal ab, bis du in den Genuss eines ihrer unangekündigten Vokabeltests kommst!«

Es klingelt.

»Kommt ihr mit raus auf den Hof?«, fragt Viktoria und stopft schnell die neuen Bücher in ihren Rucksack.

Karlotta hat die doppelte Menge Bücher zu verstauen, weil sie Calvins auch gleich mitgenommen hat. Sie wirft einen Blick auf den Stundenplan. »Ich glaube, dafür reicht die Zeit nicht«, sagt sie. »Wir müssen jetzt hoch in den Biologiesaal. Wir hatten doch erst eine Stunde, Viktoria. Jetzt ist nur eine kleine Pause.«

»Stimmt ja!«, stöhnt Viktoria. Sie wickelt aber trotzdem schon mal eins ihrer Brote aus und beißt ab.

»Wir haben verschlafen heute Morgen. Keine Zeit zum Frühstücken gehabt«, nuschelt sie mit vollem Mund.

Die Bänke im Biologiesaal sind schmal und angeordnet wie in einem Amphitheater: die hintersten höher als die vorderen. Karlotta, Viktoria, Celina, Jojo und Linus quetschen sich sofort in die letzte Reihe. Ganz vorne sitzt niemand.

Als Frau Herzog, die Biologielehrerin, hereinkommt, schaut sie ungläubig auf die leere erste Reihe. Kopfschüttelnd sagt sie: »Guten Morgen. Ich sehe schon, ihr habt nicht vergessen, dass ich beiße!« Ein paar lachen. »Aber da ich nicht beabsichtige, zu schreien, bitte ich die Herrschaften aus der letzten Reihe, für den Rest des Schuljahres in die leere erste Reihe umzuziehen!« Sie wedelte einladend mit den Händen.

Murrend zieht die letzte Reihe nach vorne um.

»Mist«, brummt Linus.

»Wir wollen heute auch gleich mit unserem Stoff anfangen«, sagt Frau Herzog. »Alles, was man selbst herausfindet, merkt man sich besser. Und deshalb habe ich mir überlegt, dass es Zeit wird, dass ihr selber forscht.«

»Oh nein, das klingt nach viel Arbeit«, raunt Karlotta.

Frau Herzog fährt fort: »Deshalb zählen für die Biologienote am Ende dieses Schuljahres nicht nur eure Leistungen im Unterricht und in den Klausuren.«

Sie kramt in ihrer Tasche herum und holt schließlich das Blatt mit der Namensliste heraus. »Ich teile euch jetzt in Zweiergruppen auf. Zu zweit werdet ihr euch entweder in dieser Stunde selbst ein Projekt überlegen, oder wenn euch nichts einfällt, habe ich hier …«, sie hält eine weitere eng beschriebene Liste hoch, »… einige Vorschläge. Sobald wir die Teams aufgeteilt haben, werde ich von Tisch zu Tisch gehen und mit euch die Themen eurer Projekte besprechen.«

»Was sollen das denn für Projekte sein?«, fragt Linus ohne große Begeisterung. »Sollen wir etwa Tiere sezieren? Freiwillige vor, Leute: Wer spendet seine Meerschweinchen?«

Frau Herzog schüttelt grinsend den Kopf. »Klar, dass *dir* gleich wieder etwas Blutrünstiges in den Sinn kommt, Linus!«, erwidert sie. »Du solltest wirklich nicht so viele Horrorvideos schauen! Aber Pech gehabt, mein Lieber. Ich dachte da nämlich eher an das Planen und Anlegen eines Biotops im Schulgarten, das Untersuchen der Auswirkungen verschiedener Umweltgifte auf das Pflanzenwachstum, Gewässeranalysen, Kompostierung ... so was in der Richtung.« Sie lächelt Linus an, der sichtlich enttäuscht Ornamente auf die erste Seite seines Biologieheftes malt.

»Du könntest natürlich auch einen Versuch mit Schnecken machen«, schlägt Frau Herzog hilfsbereit vor. »Vielleicht findest du heraus, was man pflanzen muss, damit die Biester im Sommer keinen Kahlfraß in Salat und Erdbeeren veranstalten.«

Sie macht eine bedeutungsvolle Pause. »Solltest du da etwas finden, kannst du bestimmt viel Geld damit verdienen.«

»Echt?«, fragt Linus plötzlich mit einem neu erwachten Interesse an dieser Projektarbeit.

Frau Herzog lacht. »Ich möchte also, wie schon gesagt, dass ihr euch zu zweit, höchstens zu dritt zu Projektgruppen zusammenfindet. Und damit die Sache schneller geht, habe ich die Gruppen schon mal zusammengestellt. Ich lese vor: Anton und Celina, Calvin und Burki ...«

Karlotta schreibt sich auf, mit wem Calvin zusammenarbeiten soll. Der Ärmste verpasst ja jede Menge, weil er heute nicht da ist!, denkt sie gerade, als sie ihren Namen hört: »... Karlotta und Viktoria ...«

»Sieht so aus, als würden die uns in diesem Schuljahr zusammenstecken, wo sie nur können, oder?«, meint Viktoria grinsend.

Karlotta grinst zurück. »Ich hab nichts dagegen!«, sagt sie.

Die beiden sind schließlich so ziemlich die Einzigen, die gleich nebeneinander sitzen bleiben können. Der Rest der Klasse ist auf den Beinen, weil die neu gebildeten Paare sich jetzt natürlich auch einen gemeinsamen Platz suchen müssen. Celina wandert rüber ans Fenster zu Anton. Auf einmal sitzen Leute nebeneinander, die während der gesamten Schulzeit bisher höchstens mal drei Sätze miteinander gewechselt haben.

Jojo zum Beispiel hat Robert als Partner bekommen. Im Gegensatz zu Jojo ist Robert ziemlich unsportlich, Fußball interessiert ihn überhaupt nicht, dafür spricht er aber fließend Französisch. Das ist allerdings kein Wunder, denn seine Mutter ist Französin. Frau Kupsch-Rühr sagt immer »Robäär« zu ihm. Das finden alle natürlich ziemlich affig.

Karlotta weiß, dass Jojo Robert nicht besonders mag, aber jetzt muss er wohl oder übel das Biologieprojekt mit ihm zusammen ausarbeiten.

»Caroline fragt oft nach dir«, sagt Viktoria plötzlich und wird wieder ein bisschen rot. »Wenn du sie nicht gerettet hättest – ich will am liebsten gar nicht dran denken! Nur weil ich nicht aufgepasst habe! Ich weiß gar nicht …«

»Ach, hör schon auf«, sagt Karlotta ebenfalls verlegen. Sie wechselt schnell das Thema, weil Viktoria auf einmal ganz feuchte Augen bekommt. »Hast du schon eine Idee, was wir erforschen könnten?«

Viktoria überlegt. »Wir könnten Rosen mit Essig gießen. Das ist dann saurer Regen pur!«

»Nur wenn du einen Kopf kürzer werden willst«, sagt Karlotta. »Die Rosenbeete der Schule sind unserem Hausmeister heilig.«

»Oh«, sagt Viktoria. »Dann lieber doch keine Rosenexperimente.«

»Oder kein Essig«, meint Karlotta.

»Vielleicht Salzwasser?«, schlägt Viktoria vor. »Ich hab mal gelesen, dass dort, wo im Winter viel Salz gestreut wird, die Bäume entlang der Straßen oft ziemlich kränkeln.«

»Aber wenn man das eh schon weiß«, meint Karlotta, »wieso sollen wir es dann auch noch untersuchen?«

»Weil alles eine Frage der Dosierung ist«, sagt plötzlich Frau Herzog hinter ihnen. »Die wenigsten Umweltgifte sind von vornherein und immer giftig. Ohne CO_2 gäbe es zum Beispiel keine Photosynthese, aber sobald es zu viel wird, wie bei uns durch die Unmengen Industrie- und Autoabgase et cetera …«

Frau Herzog ist eine leidenschaftliche Umweltschützerin und kann sich bei diesem Thema richtig in Begeisterung reden. »Kann doch sein, dass ein bisschen Salz den Pflanzen sogar ganz gut tut, oder?«

Sie zückt einen Stift und ihren Block. »Das ist jedenfalls eine sehr gute Idee. Ihr untersucht also die Auswirkung von Salz auf das Pflanzenwachstum. Kleiner Tipp: Ich würde verschiedene Getreidesorten als Versuchspflanzen nehmen, die wachsen ziemlich schnell. Bis in zwei Wochen hätte ich gerne einen Verlaufsplan von euch: wie ihr den Versuch anlegen wollt, was ihr für Ergebnisse erwartet und so weiter. Okay?«

»In zwei Wochen schon?«, fragt Viktoria entsetzt.

»Das sind immerhin vierzehn lange Tage«, meint Frau Herzog ungerührt.

»Aber wir haben doch keinen blassen Schimmer von den Auswirkungen von Salz auf das Pflanzenwachstum«, wendet Karlotta ein.

»Dann müsst ihr eben mal angestrengt darüber nachdenken! Außerdem empfehle ich euch die Schulbibliothek.« Frau Herzog nickt ihnen noch einmal zu und geht weiter.

»Puh!«, stöhnt Karlotta. »Dann müssen wir uns wohl bald mal treffen.«

»Heute Nachmittag im Schwimmbad?«, fragt Viktoria.

»Lieber morgen«, sagt Karlotta. »Heute muss ich in die Stadt, ein Geschenk kaufen gehen.«

Viktoria ist einverstanden. »Okay. Morgen im Schwimmbad. Und für wen kaufst du ein Geschenk, wenn man fragen darf?«

»Für mich«, antwortet Karlotta düster. »Die Freundin meiner Mutter hat mir Geld geschenkt, das muss ich jetzt ausgeben.«

»Ist doch super! Wieso machst du ein Gesicht, als müsstest du Unkraut jäten?«, wundert sich Viktoria.

»Das hier ist viel schlimmer!«, knurrt Karlotta.

Dann starrt sie auf Viktorias T-Shirt. »Sag mal, trägst du eigentlich einen BH?«, flüstert sie.

»Ja, meistens«, antwortet Viktoria ganz überrascht über den plötzlichen Themenwechsel. »Wieso?«

»Ich soll mir nämlich jetzt auch einen kaufen«, seufzt Karlotta. »Das ist das Geschenk.«

»Oh«, macht Viktoria.

»Dabei finde ich es immer schon furchtbar, wenn meine Mutter sich einen BH kaufen geht und ich dabei sein muss«, gesteht Karlotta.

»Kenn ich.« Viktoria nickt. »Hast du dann auch immer das Gefühl, als ob alle, die dort vorbeigehen, dich anstarren?«

»Ja. Alle können einen dabei beobachten. Und alle, die zugucken, wissen, was deine Mutter untendrunter trägt!«

»Am fürchterlichsten sind die Wühltische«, findet Viktoria.

»Und wenn meine Mutter dann noch quer durch das halbe Kaufhaus ruft, welchen ich wohl schöner fände, den mit der roten Spitze oder den durchsichtigen schwarzen ...«, ergänzt Karlotta und verdreht die Augen.

»Das macht meine auch!«, sagt Viktoria. »Und wenn dann ausgerechnet in dem Moment noch ein Mann auftaucht und mich angrinst, dann könnte ich jedes Mal vor Scham im Boden versinken!«

»Oh ja!«, sagt Karlotta, die es beim bloßen Gedanken an eine solche Situation schon schaudert. »Männer in Dessous-Abteilungen sind sowieso das Allerpeinlichste schlechthin, findest du nicht?«

Viktoria nickt. »Manche lassen sich sogar von einer Verkäuferin beraten, was sie für ihre Frauen kaufen sollen – echt oberpeinlich, oder? Mein Vater hätte das bestimmt nie gemacht.«

»Und jetzt?«, fragt Karlotta.

»Wie, und jetzt?«, fragt Viktoria zurück.

»Na, du hast gesagt, dein Vater *hätte* das nie gemacht. Macht er es jetzt?«, erklärt Karlotta ihre Frage.

»Nein.« Viktoria wird rot. »Quatsch!«, sagt sie und schüttelt ganz energisch den Kopf. »Jetzt macht er das natürlich erst recht nicht.«

Karlotta findet, dass es eine seltsame Formulierung ist, zu sagen, dass er so etwas *jetzt erst recht nicht* machen würde. Vielleicht versteht sich Viktoria ja nicht besonders gut mit ihrem Vater, überlegt Karlotta. Hört sich auf jeden Fall ganz so an, als ob sie nicht gerne über ihn sprechen würde.

Doch ehe Karlotta nachfragen kann, wie Viktoria das wohl gemeint haben könnte, wechselt Viktoria das Thema und fragt: »Weißt du deine Größe?«

Karlotta schüttelt den Kopf. »Nee. Wahrscheinlich muss ich sämtliche Größen auf dem Wühltisch durchprobieren.« Sie seufzt.

»Ich kenne einen sehr netten Laden ganz ohne Wühltische«, sagt Viktoria. »Dort kaufe ich manchmal Trikots und Bodys fürs Ballett. Wenn du willst, gehe ich heute nach der Schule dort mit dir vorbei.«

»Echt?«, fragt Karlotta. »Das wäre ja supernett von dir!«

»So bin ich eben!«, sagt Viktoria grinsend.

Spitzenträume

Nach der letzten Stunde führt Viktoria Karlotta um zwei Ecken in eine kleine Seitenstraße jenseits der breiten Fußgängerzone. Hierher hat Karlotta sich bisher noch nie verirrt. Doch offenbar weiß Viktoria ganz genau, wo sie hin will, und steuert zielstrebig auf ein kleines Geschäft zu. *Spitzenträume* steht in einem geschwungenen Neonschriftzug über dem Schaufenster.

Erleichtert stellt Karlotta schon beim Eintreten fest, dass es hier tatsächlich keine Wühltische gibt. Es sind auch gar nicht viele Leute hier. Und zum Glück kein einziges männliches Wesen. Außer ihnen schauen sich nur noch zwei andere Frauen um, und eine der beiden Umkleidekabinen ist besetzt.

Die beiden Mädchen bleiben ein wenig unschlüssig am Eingang stehen.

Eine junge Frau in Jeans und T-Shirt kommt auf sie zu. »Kann ich euch helfen?«, fragt sie freundlich.

»Wir suchen einen BH für meine Freundin hier«, sagt Viktoria ganz selbstverständlich.

Karlotta studiert angelegentlich das Preisschild an einem Badeanzug. Zum Glück fragt die Frau sie nicht nach ihrer Größe, sondern geht nach einem kurzen Blick auf Karlotta zu einem runden Ständer.

»Schaut doch einfach mal hier«, schlägt sie vor und führt die beiden Mädchen zu einem runden Ständer. »Ich glaube, 70 A dürfte dir passen.« Sie zieht einen mit bunten Gummibärchen bedruckten BH heraus. »Vielleicht möchtest du den hier mal anprobieren?«

Karlotta nimmt den BH und zuckt unschlüssig mit den Schultern.

»Aber schau am besten selbst mal, was dir gefällt«, meint die Verkäuferin. »Such dir einfach vier oder fünf BHs aus, die nimmst du dann mit in die Umkleidekabine. Und wenn du Hilfe brauchst, sag nur Bescheid.«

Karlotta nickt. Sie hat gar nicht gewusst, dass es so viele verschiedene BHs gibt: mit Drahtbügeln und ohne, mit Plastikverschlüssen oder Metallhäkchen, zum vorne oder hinten Schließen – und einige sehen zugegebenermaßen wirklich ganz hübsch aus.

Die beiden Mädchen schieben einen Bügel nach dem anderen zur Seite. Karlotta hat rasch einige herausgesucht.

»Wie gefällt dir der hier?«, fragt Viktoria und hält einen roten BH mit kleinen weißen Pünktchen hoch.

Karlotta zuckt unschlüssig mit den Schultern. »Hm«, meint sie. »Okay, den probiere ich auch mal an.«

Sie geht in die Umkleidekabine und zieht sich aus.

Verdammt, wie soll man den Verschluss hinten am Rücken zubekommen? Karlotta verrenkt sich die Arme, aber es funktioniert nicht.

»Klappt's?«, fragt Viktoria von draußen.

»Nein!«, knurrt Karlotta.

Viktoria steckt den Kopf in die Kabine.

»Warte, ich helfe dir«, sagt sie und kommt herein. Sie macht Karlotta den BH zu.

»Hinterm Rücken krieg ich die Dinger auch nie zu«, sagt Viktoria. »Ich mach den Verschluss immer vorne zu, schiebe das Teil nach hinten und schlüpfe dann erst mit den Armen in die Träger. So klappt es bei mir.«

Beim nächsten versucht Karlotta es gleich so, wie Viktoria es vorgeschlagen hat – und tatsächlich, sie bekommt den Verschluss ganz alleine zu!

Plötzlich klopft die Verkäuferin an die Schwingtür. »Darf ich mal kurz reinschauen?«, fragt sie.

Und ehe Karlotta nein sagen kann, geht die Tür schon auf, und die Verkäuferin steckt ihren Kopf in die Kabine.

Karlotta reißt schnell ihr T-Shirt vom Haken und hält es sich vor die Brust.

Die Verkäuferin ignoriert Karlottas Verlegenheit. »Lass mal sehen!«, sagt sie, nimmt Karlotta das T-Shirt aus der Hand und wirft es über den Hocker in der Ecke der Kabine. Dann zupft sie hier und da ein bisschen und verstellt die Träger.

»Sitzt gut«, urteilt sie schließlich. »Passt perfekt. 70 A ist genau deine Größe.«

Dann dreht sie sich um, nickt Viktoria kurz zu und verlässt die Kabine wieder.

Viktoria lächelt Karlotta an. »Ich warte dann auch mal wieder draußen. Wenn ich dir noch mal einen zumachen soll …«

»Dann rufe ich«, sagt Karlotta schnell. Sie ist froh, dass sie wieder alleine in ihrer Kabine ist.

Karlotta entscheidet sich für den blauen BH mit den Gummibärchen, den die Verkäuferin ihr ganz zu Anfang gezeigt hat, und einen einfachen weißen mit durchsichtigen Plastikträgern. Sie zieht sich wieder an und marschiert zur Kasse.

»Schon fertig?«, fragt Viktoria überrascht.

Karlotta nickt. »Ich nehme die hier.« Sie hält die beiden BHs hoch.

»Hübsch«, sagt Viktoria mit einem zustimmenden Nicken.

»Uff«, macht Karlotta, als sie mit ihrer Tüte wieder draußen auf der Straße steht.

»Jetzt hast du es hinter dir«, sagt Viktoria. »War doch gar nicht so schlimm, oder?«

»Es war jedenfalls echt nett von dir, dass du mitgekommen bist«, sagt Karlotta.

»Hat mir doch auch Spaß gemacht!« Viktoria steigt auf ihr Fahrrad. »Dann bis morgen!«

»Bis morgen!«, ruft Karlotta ihr noch hinterher.

»Gotta feel your kisses, baby …«

Nachmittags schiebt Karlotta den Einkaufswagen durch den Gang mit den Nudeln. Den neuen weißen BH hat sie gleich angezogen. Es fühlt sich immer noch komisch an, ihn zu tragen.

»Sag mal«, beginnt Karlottas Mutter ganz beiläufig, während sie ein Päckchen Spagetti in den Einkaufswagen legt, »Calvin und du, ihr seid schon noch befreundet, oder?«

»Klar«, antwortet Karlotta betont lässig. »Wieso?«

Sie greift nach einem Päckchen mit rabenschwarzen Spagetti. *Mit Sepia* steht auf der Packung. »Oh, lass uns die mal probieren«, schlägt sie vor, um das Thema zu wechseln.

»Zwei zwanzig! Da ist ja wohl jede Nudel handgefärbt!«, ruft ihre Mutter nach einem Blick auf den Preis. Aber als Karlotta die Packung seufzend wieder ins Regal legen will, sagt sie: »Na gut, versuchen können wir sie ja mal.«

In der Gemüseabteilung wiegt Karlotta Pfirsiche ab. Ihre Mutter riecht an einer Honigmelone, um zu prüfen, wie reif sie ist. Wenn man nichts riechen kann, schmecken Melonen auch nach nichts, behauptet sie. Aber diese besteht den Test und wandert in den Einkaufswagen.

Sie gehen langsam weiter, und Frau Erichsen packt noch Tomaten, Karotten und Zucchini in den Wagen.

»Aber irgendwas ist doch anders zwischen euch, oder?«, nimmt Karlottas Mutter ihre Frage von vorhin wieder auf.

Karlotta wird rot und ärgert sich ungemein darüber, dass sie auf einmal so verlegen wird. »Was wird das denn hier, die große Inquisition?«, fragt sie unwirsch.

»Nein, gar nicht«, versichert ihre Mutter schnell. »Ich habe euch nur letzte Woche bei uns vor der Haustür stehen sehen, an dem Abend, ehe die Krauses weggefahren sind. Und es hat ausgesehen, als hättet ihr euch geküsst.«

»Ach«, sagt Karlotta gereizt, »spionierst du mir jetzt hinterher, oder was?«

»Hör mal«, schießt ihre Mutter im gleichen Ton zurück. »Was sollen diese Unterstellungen! Wenn ihr euch in aller Öffentlichkeit küsst, muss man nicht groß spionieren, um das irgendwann mitzukriegen!«

»Ja, und? Wenn du es unbedingt wissen musst: Ja, wir gehen jetzt miteinander«, faucht Karlotta. »Hast du vielleicht sonst noch Fragen?«

Frau Erichsen bleibt stehen und stemmt die Hände in die Hüften. »Sei doch nicht so zickig, Karlotta. Kannst du nicht ganz normal antworten, wenn ich dich etwas frage?«

»Aber ich muss dir doch nicht alles haarklein erzählen, oder?«

»Das tust du ja sowieso nicht.«

Ihre Mutter klingt fast ein bisschen gekränkt. Aber darauf geht Karlotta jetzt gar nicht ein. Wieso glauben Mütter eigentlich immer, sie hätten ein Recht darauf, alles zu erfahren, was sich im Leben ihrer Töchter abspielt? Weiß Karlotta etwa alles, was bei ihren Eltern so vorfällt? Nein! Selbst die Tatsache, dass sie eine Schwester bekommt, hat sie ja nicht wesentlich früher erfahren als die Nachbarn!

Karlotta schweigt verbissen. Sie geht sonst immer gerne mit ihrer Mutter in den Supermarkt. Aber heute ist ihr der Nachmittag gründlich verdorben. Wie rücksichtslos von ihrer Mutter, sie hier einfach so mit Fragen zu überfallen!

Karlotta starrt vor sich hin und sagt kein Wort mehr, sondern schiebt den Wagen mit versteinertem Gesichtsausdruck hinter ihrer Mutter her.

Frau Erichsen legt schweigend alles Mögliche in den Wagen und schaut Karlotta immer wieder von der Seite an. Doch Karlotta wendet den Kopf nicht und blickt ihrer Mutter schon gleich gar nicht in die Augen.

»Was für Käse sollen wir mitnehmen?«, fragt Frau Erichsen schließlich.

Karlotta zuckt wortlos mit den Schultern.

Wie immer ist an der Käsetheke eine Schlange. Sonst macht es Karlotta Spaß, Käse auszusuchen, aber heute hat sie keine Lust, sich mit ihrer Mutter zusammen anzustellen.

»Ich hol solange schon mal neues Shampoo«, murmelt sie, lässt den Wagen stehen und schlendert in den Gang mit Shampoos und Kosmetika.

Eigentlich schminkt Karlotta sich ja gar nicht – ab und zu mal ein bisschen Lippenstift, Lipgloss oder farblosen Nagellack. Das war's dann auch schon. Trotzdem liest sie immer mit großem Interesse die Schminktipps in Zeitschriften und stöbert gerne in den Kosmetikabteilungen von Drogerien und großen Supermärkten.

Sie entdeckt die neuen Lippenstifte mit Wetlook, die nur

ganz sanft färben und einen glänzend feuchten Schimmer auf den Lippen hinterlassen. Karlotta malt sich mit einigen der Probierstifte einen Streifen auf den Handrücken.

Poppy Red gefällt ihr am besten.

Leider hat sie kein Geld dabei. Wenn ihre Mutter heute nicht so zickig wäre, könnte Karlotta sie bitten, ob sie sich einen Lippenstift mitnehmen darf. Aber unter diesen Umständen hat sie gar nicht erst Lust, sie zu fragen.

Als Karlotta um die Ecke zur Käsetheke schaut, ist ihre Mutter schon weitergegangen. Karlotta wischt sich ihre Farbproben mit einem Taschentuch von der Hand, nimmt ein Apfelshampoo aus dem Regal und geht in Richtung Kasse. Dort steht ihre Mutter – diesmal in einer anderen Schlange.

Karlotta geht nicht gleich zu ihr, sondern blättert erst noch ein bisschen in den Zeitschriften, die in den Regalen direkt neben der Kasse liegen. Aus den Augenwinkeln beobachtet sie, wie ihre Mutter langsam vorrückt. Als Frau Erichsen so weit vorne ist, dass sie die Einkäufe auf das Kassenband räumen kann, klappt Karlotta das Heftchen schnell zu und drängt sich zwischen den Einkaufswagen nach vorne zur Kasse durch.

»Hey, junge Dame. Dahinten ist das Ende der Schlange«, schimpft eine Frau, die einen bis oben beladenen Einkaufswagen vor sich stehen hat. Sie deutet mit dem Daumen nach hinten. »Wohl noch nie etwas von Anstellen gehört, wie?«

»Ach was, wegen einer Flasche Shampoo so lange anstehen«, mischt sich eine alte Dame ein, die zwischen Frau Erichsen und der Frau mit dem vollen Wagen steht. »Geh nur vor, Kleine!« Sie nickt Karlotta freundlich zu.

»Das ist sehr nett von Ihnen«, sagt Frau Erichsen zu der alten Dame, und zu der Frau, die Karlotta angepflaumt hat: »Um das klarzustellen: Das Mädchen drängelt sich nicht vor, sie gehört zu mir.«

Bei diesen Worten wird Karlotta ganz warm ums Herz, und ihr Groll beginnt zu schmelzen.

»Tschuldigung, darf ich?«

Karlotta drängt sich mit einem zuckersüßen Lächeln an der Frau mit dem vollen Einkaufswagen vorbei.

»Und? Hast du noch etwas gefunden?«, fragt ihre Mutter, als wenn gar nichts gewesen wäre.

»Nur Shampoo«, antwortet Karlotta und stellt die Flasche auf das Band. Dass ihre Mutter sie eben so verteidigt hat, stimmt sie wieder einigermaßen versöhnlich.

»Igitt, doch nicht schon wieder dieses grässliche Apfelshampoo!«, stöhnt Frau Erichsen.

»Dann bring ich es eben wieder zurück«, sagt Karlotta genervt. Sie macht auf dem Absatz kehrt und will die Flasche schon wieder wegbringen, da schnappt ihre Mutter sie am T-Shirt und zieht sie zurück.

»Ach was, bleib hier«, sagt sie. »So habe ich das doch nicht gemeint, Schatz. Sei halt nicht immer so empfindlich! Wir haben ja auch noch von dem Kamillenshampoo zu Hause. Dann benutzt du eben das hier, und Papa und ich brauchen das andere auf. Wenn du diesen Geruch magst …«

Während ihre Mutter bezahlt, räumt Karlotta alles in die beiden großen Einkaufskörbe, die sie mitgebracht haben.

An einer roten Ampel auf dem Heimweg fragt Frau

Erichsen: »Da fällt mir ein, hast du morgen Nachmittag eigentlich schon etwas vor?«

Karlotta überlegt kurz: »Ja, ich will mich mit Viktoria und ihrer kleinen Schwester Caroline im Schwimmbad treffen. Wieso?«

»Ich habe für morgen Nachmittag einen Termin bei meinem Frauenarzt für dich ausgemacht«, erklärt Frau Erichsen ganz beiläufig.

»Was?« Karlotta traut ihren Ohren nicht. »Und was soll ich da?«

»Na, dich untersuchen lassen und …«

»Und wieso jetzt auf einmal?«, unterbricht Karlotta ihre Mutter. »Wahrscheinlich willst du, dass ich mir auch gleich die Pille verschreiben lasse, oder?«

»Wenn du meinst … Selbstverständlich kannst du mit dem Arzt auch *darüber* reden«, antwortet ihre Mutter betont ruhig.

Karlotta wird rot. »Du hast doch nur Angst, dass du Mutter und gleichzeitig Oma wirst!« Sie schnaubt empört. »Das ist doch krank! Kaum weißt du, dass ich einen Jungen küsse, schleppst du mich zum Frauenarzt, damit ich mir die Pille verschreiben lasse!«

»Aber Karlotta, so …«

Doch Karlotta lässt sich nicht unterbrechen. »Wer sagt denn, dass ich mit Calvin schlafen will, nur weil wir uns küssen?!«

»Keiner behauptet das. Und ob oder wann du mit jemandem schlafen willst, ist ganz allein deine Entscheidung. Ich …«

»Ach, vielen Dank, *zu* großzügig!«, unterbricht Karlotta ihre Mutter schnippisch.

»Aber Karlotta, du sollst dich von niemandem drängen lassen. Und ich bin die Letzte, die …«

»Aber die Pille brauche ich schon, oder wie?«, fällt Karlotta ihrer Mutter wieder ins Wort.

»Karlotta, ich verstehe gar nicht, worüber du dich so aufregst! Es geht doch überhaupt nicht um die Pille. Ich habe diesen Termin für dich schon vereinbart, ehe ich das mit Calvin überhaupt wusste. Schon vor einer ganzen Weile, als ich selbst zuletzt da war. Ich habe einfach nur vergessen, es dir zu sagen. Das tut mir auch Leid, aber …«

»Mann, du musst dich echt in alles einmischen, oder?« Karlotta ist ungeheuer wütend und so richtig in Fahrt. »Kann ich denn nichts, aber auch gar nichts mal für mich behalten? Muss ich alles immer mit dir durchkauen? Kannst du nichts auch mal mir ganz alleine überlassen? Musst du immer für mich bestimmen? Wenn ich die Pille haben will, vereinbare ich selbst einen Arzttermin!«

Sobald ihre Mutter in der Tiefgarage ihres Mietshauses den Motor ausmacht, reißt Karlotta die Tür auf und stürzt zur Treppe.

»Karlotta!«, ruft ihre Mutter ihr hinterher.

Aber Karlotta dreht sich gar nicht mehr um. Sie nimmt immer zwei Stufen auf einmal. Tränen laufen ihr über die Wangen. Sie läuft nach vorne auf die Straße.

Und jetzt? Da sieht sie, dass das gelbe Auto in der Auffahrt bei Krauses steht. Sie sind also zurück! Sie rennt über die Straße. Vor dem Doppelhaus, in dem Calvin wohnt, bleibt sie stehen.

Karlotta wischt sich mit dem Handrücken über die Augen und zieht die Nase hoch. Ein Taschentuch hat sie natürlich nicht dabei. Sie klingelt.

Nichts.

Sie klingelt noch einmal. Oben aus Calvins Zimmer hört sie laute Musik. Wahrscheinlich hört er deshalb nichts! Sie klingelt noch einmal und lässt den Finger diesmal richtig lange auf dem Knopf.

Anabel macht die Tür auf. Sie hat eine Bürste in der Hand und eine zweite in ihre feuchten Haare gedreht.

»Hey, Karlotta«, sagt sie. »Na, du machst es heute aber dringend! Ich fön mir gerade die Haare.« Dann deutet sie zur Treppe. »Calvin ist oben in seinem Zimmer.«

Sie schaut Karlotta prüfend an. »Alles okay mit dir?«

Karlotta nickt. »Ja, klar. Ich geh dann gleich mal hoch.« Normalerweise hätte sie sich mit Anabel noch eine Weile unterhalten. Aber heute hat sie keine Lust auf Smalltalk.

Anabel nickt, und als Karlotta auf der Treppe ist, hört sie gleich wieder das Surren des Föns.

Aus Calvins Zimmer dröhnt Meg Reyerson von den Crazy Scapegoats: »… Gotta feel your kisses … oh baby, yeah!«

Die Tür ist nur angelehnt. Calvin steht auf seinem Bett und spielt Luftgitarre auf seinem Gipsarm. Karlotta bleibt im Türrahmen stehen und grinst.

Als er Karlotta bemerkt, lächelt Calvin verlegen. »Hey, Karlotta. Was machst du denn hier? Ich habe gar nicht gehört, dass du geklingelt hast. Komm rein.«

Karlotta macht die Tür hinter sich zu. Sie klopft auf Calvins Gipsarm. Jemand hat ein rotes Smiley darauf gemalt.

»Sieht cool aus«, sagt sie.

»Findest du?«, fragt Calvin. »Ich finde das Teil ziemlich lästig. Es stört nur, vor allem beim Duschen. Fußballspielen darf ich auch nicht damit. Und Anabel, die unser Kanu zum Kentern gebracht hat, hat gar nichts abgekriegt. Gemein, oder?«

»Du kannst ja alle drauf unterschreiben lassen«, schlägt Karlotta vor.

»Hm«, macht Calvin ohne große Begeisterung. Doch dann hellt sich seine Miene auf. »Ich werde ein Herz drauf malen und *Calvin + Karlotta* reinschreiben.«

»Ach nee, das find ich blöd«, sagt Karlotta und wird rot.

»Wieso?«, fragt Calvin enttäuscht.

»So halt«, sagt Karlotta, der kein besserer Grund einfällt, spröde. Selma hatte offenbar Recht: Calvin hat die Küsse keineswegs vergessen.

»Hm«, macht Calvin wieder. »Und was ist hier in der Zwischenzeit so alles passiert?«

Karlotta zuckt mit den Schultern. »Nicht viel eigentlich. Ich habe im Schwimmbad für die Rettungsschwimmerprüfung trainiert, wir haben eine Neue in der Klasse, die Kupsch-Rühr ist jetzt unsere Klassenlehrerin … Mehr fällt mir im Augenblick nicht ein.«

Karlotta geht rüber zum Fenster und schaut hinaus.

»Hast du irgendwas?«, fragt Calvin. »Los, sag schon!«, fordert er sie auf, als sie nicht gleich antwortet.

Aber Karlotta weiß plötzlich gar nicht, wo sie anfangen soll – oder wie. Das Ganze ist einfach zu peinlich.

Am Ende denkt Calvin noch, das mit der Pille sei ihre Idee gewesen! Vielleicht glaubt er sogar, dass *sie* die Pille haben will, damit sie mit ihm schlafen kann?

Es geht nicht. Sie kann Calvin nicht den Grund ihres Streits mit ihrer Mutter erzählen.

»Hatte vorhin Zoff mit meiner Mutter«, sagt sie ausweichend.

»Und wieso?«, fragt Calvin nach.

Karlotta zuckt mit den Schultern. »Ach, weil sie sich in alles einmischt und ständig über mich bestimmen will …«

Sie stockt. Bisher hat sie doch mit Calvin immer über alles reden können, aber jetzt kann sie das plötzlich nicht mehr. Es ist fast, als ob diese Küsse ein großes Stückchen Vertrautheit zwischen ihnen weggeknabbert hätten.

Calvin steht auf, nimmt Karlotta an der Hand und zieht sie neben sich aufs Bett.

Karlotta setzt sich und betrachtet die große Sternenkarte, die an der gegenüberliegenden Wand hängt. Ehe sie es verhindern kann, kullert ihr eine Träne über die Wange.

Calvin pustet ihr sacht ins Ohr und legt den Arm um sie. Karlotta fühlt sich auf einmal so geborgen, erleichtert und getröstet. Der Streit mit ihrer Mutter, der wie ein Stachel in ihrer Seele gesteckt hat, ist auf einmal nicht mehr so schmerzhaft spitz. Auf einmal erscheint ihr das alles gar nicht mehr so schlimm. Sie schließt die Augen.

Calvin beugt sich über sie. Karlotta fühlt seinen warmen Atem auf ihrer Wange. Dann berühren seine Lippen ihre.

Karlotta hört auf zu weinen.

Und Calvin fragt nicht weiter nach, weshalb Karlotta so traurig ist.

Als Karlotta nach Hause kommt, schnippelt ihre Mutter Tomaten. Karlotta fischt sich ein Stückchen Schafskäse aus der Salatschüssel und lehnt sich an den Kühlschrank.

»Ich habe den Termin morgen abgesagt, Karlotta«, sagt ihre Mutter. »Du hast Recht, ich muss mich wohl dran gewöhnen, dass du erwachsen wirst.« Ihre Mutter lächelt etwas wehmütig.

Karlotta umfasst ihre Taille und drückt sie. »Jap!«, sagt sie. »Das musst du wohl! Tut mir Leid, dass ich einfach weggelaufen bin. Jetzt musstest du alles alleine nach oben schleppen.«

Ihre Mutter erwidert ihre Umarmung. »Schon vergessen. Ich habe dir übrigens eine Visitenkarte von Dr. Poeplau auf den Schreibtisch gelegt. Du kannst ja selbst einen Termin bei ihm ausmachen.«

»Okay«, sagt Karlotta wieder gut gelaunt.

Es war schön bei Calvin, und ihre Wut von vorhin ist mittlerweile längst wieder verflogen.

»Was gibt's zum Abendessen?«, fragt sie.

Ihre Mutter lacht und strubbelt ihr durch die Haare. »Käse, Brot und Tomatensalat. Papa schaut gerade Nachrichten. Wenn du willst, kannst du draußen auf dem Balkon decken.«

»Mach ich«, sagt Karlotta.

Karlottas gute Tat

Tagsüber ist es noch sommerlich warm, aber morgens liegt schon ein leichter Frühnebel über den Stoppelfeldern vor der Stadt. Die Autos, die auf der Straße parken, und der Rasen vor dem Haus sind nass vom Tau, als ob es nachts geregnet hätte. Und die stacheligen Kugelfrüchte der Kastanienbäume im Stadtpark sind schon so dick, dass sie aussehen, als ob sie jeden Augenblick aus allen Nähten platzen würden.

»Weißt du noch, die Zahnstocher-Tierchen, die wir früher aus Kastanien und Eicheln gebastelt haben?«, fragt Karlotta.

»Du hast ständig nur Giraffen gemacht«, erinnert sich Calvin grinsend. »Und sie hatten alle immer verschieden lange Beine!«

»Gar nicht!«, widerspricht Karlotta. »Die waren immer ganz wunderschön!«

Calvin macht mit dem Fahrrad einen kleinen Schlenker auf den Rasen, stellt sich auf die Pedale und reißt eine der Stachelkugeln vom Baum. Aber die grüne Kugel ist noch nicht so weit und platzt nicht auf, sosehr Calvin auch drückt. Er wirft sie weg und fährt wieder neben Karlotta.

»Hast du Lust?«, fragt er. »Wollen wir in diesem Jahr mal wieder einen Kastanienzoo basteln?«

»Au ja!«, sagt Karlotta. »Ich übernehme die Giraffen!«

»Okay!«

Ein paar kleine Kaninchen jagen einander auf dem Rasen, wechseln dann ganz plötzlich die Richtung und sausen knapp vor Karlotta und Calvin über den Weg.

Der grobe Kies knirscht, als sie beide bremsen. Karlotta kommt etwas verspätet zum Stehen, weil sie sich einfach noch nicht daran gewöhnt hat, dass an diesem Rennrad keine Rücktrittbremse ist. Doch die Kaninchen sind zum Glück so schnell, dass sie trotzdem keines erwischt.

»Verrücktes Viehzeug!«, brummt Calvin und eiert mit seinem Rad ein bisschen von links nach rechts, um nicht absteigen zu müssen.

Solange Calvin den Gips hat, hat er mit Karlotta das Fahrrad getauscht. Karlotta findet den schmalen Rennradsattel wesentlich unbequemer als den Sattel an ihrem eigenen Rad. Und wenn sie bremsen will, versucht sie es aus alter Gewohnheit immer erst mit der nicht vorhandenen Rücktrittbremse. Aber dafür muss sie mit Calvins Rad längst nicht so viel treten, und der Hügel im Stadtpark ist auf einmal viel weniger anstrengend und steil.

»Wen wählst du nachher?«, fragt Karlotta.

Heute ist die Verfügungsstunde, in der die Klassensprecher gewählt werden sollen.

Calvin zuckt mit den Schultern. »Weiß nicht genau. Kommt drauf an, wer sich aufstellen lässt.«

»Wie wäre es mit dir?«, schlägt Karlotta vor.

»Bloß nicht!«, wehrt Calvin entsetzt ab. »Klassensprecher ist ein blöder Job. Dauernd muss man sich mit den Lehrern anlegen, und wenn man etwas nicht durchsetzen kann, hat man auch noch die Klasse gegen sich.«

Er schüttelt den Kopf. »Damals bei diesem Hickhack mit dem Direx wegen der Klassenfahrt nach Straßburg, da habe ich Selma und Ronni wirklich nicht beneidet.«

»Haben sie aber gut gemacht«, findet Karlotta. »Schließlich durften wir ja doch fahren.«

»Stimmt«, sagt Calvin. »Schade, dass wir die beiden nicht einfach wieder wählen können. Die waren ein gutes Team! Aber jetzt ist Ronni ja leider in Oberbayern und Selma in Berlin.«

Karlotta nickt wehmütig – und zwar nicht nur, weil Selma als *Klassensprecherin* nicht mehr zur Verfügung steht.

Vor der Schule stellen Karlotta und Calvin ihre Fahrräder nebeneinander in den Fahrradständer. Calvin schlingt sich den Rucksack über den eingegipsten Arm und legt Karlotta den gesunden um die Schulter.

Sven aus der Parallelklasse kommt ihnen entgegen, grinst sie an und zwinkert Calvin zu.

»Hey, Sven!«, sagt Calvin völlig unbefangen.

Karlotta wird rot. Sven guckt so komisch, findet sie. Und was soll dieses blöde Zwinkern?

Als sie durch die Pausenhalle gehen, sehen sie durch die großen Glasfenster draußen Linus, Tom, Celina, Lena und Luisa aus ihrer Klasse. Sie stehen im Halbkreis um eine Bank. Auf der Lehne mit den Füßen auf der Sitzfläche sitzt ganz lässig Viktoria und erzählt wild gestikulierend irgendetwas. Die anderen lachen. Dann sieht Viktoria zu ihnen rüber und winkt.

»Wer ist das denn?«, fragt Calvin.

»Die Neue, von der ich dir erzählt habe«, antwortet Karlotta knapp. Sie hat das Gefühl, dass alle sie anstarren – und Calvin hat immer noch den Arm um sie gelegt.

»Ist was?«, fragt Calvin, der Karlottas Zögern bemerkt.

Karlotta schüttelt den Kopf. »Nee«, sagt sie. »Nichts.«

Wie soll sie Calvin erklären, dass es ihr peinlich ist, wenn er ihr hier in der Schule vor allen anderen den Arm um die Schulter legt? Das würde ja so klingen, als ob sie sich seiner schämen würde. Calvin scheint das ganz anders zu empfinden. Er lächelt gut gelaunt und sieht richtig stolz aus, dass jeder ihn mit Karlotta Arm in Arm sieht.

»Ich bin froh, dass wir uns jetzt wieder jeden Tag sehen können«, sagt Calvin plötzlich und bleibt am Fuß der Treppe stehen. Er zieht Karlotta an sich und küsst sie auf den Mund.

Aus den Augenwinkeln sieht Karlotta, wie zwei Fünftklässler, die mit Karacho die Treppe runtersausen, kichern, als sie an ihnen vorbeirennen. Sie drehen sich ein Stückchen weiter sogar noch mal nach Calvin und Karlotta um, tuscheln und kichern wieder.

Karlotta weiß, dass man beim Küssen die Augen schließen muss. In allen Filmen machen die Frauen das so. Aber sie kann das nicht. Nicht hier in der Schule, wo ständig jemand vorbeikommt. Und dann sieht Karlotta auch noch platinblonde, hoch toupierte Haare um die Ecke biegen und wünscht sich, sie hätte doch die Augen geschlossen, oder noch besser, sie hätte eine Tarnkappe auf.

Zu spät. Karlotta blickt in die hellblauen Augen ihrer neuen Klassenlehrerin.

Frau Kupsch-Rühr bleibt stehen und streicht sich den Rock ihres taubenblauen Seidenkostüms glatt. »Karlotta!

Calvin! Ihr seid hier im Treppenhaus der Schule, nicht zu Hause!«, sagt sie missbilligend.

Karlotta schreckt zusammen und windet sich hastig aus Calvins Umarmung.

Calvin scheint wie aus einer Trance zu erwachen, so versunken war er in diesen Kuss. »Was?«, fragt er verwirrt.

»Ich muss doch sehr bitten!«, sagt Frau Kupsch-Rühr. »Wenn ihr euch küssen wollt, dann tut das meinetwegen im Jugendzentrum oder in der Eisdiele – aber nicht hier in der Schule.«

Die Lehrerin nickt den beiden ungnädig zu, geht die Treppe hinauf und verschwindet oben im Lehrerzimmer.

Calvin und Karlotta sehen ihr hinterher: Karlotta betroffen, Calvin unwirsch.

»Was hat die denn?«, fragt er kopfschüttelnd und will Karlotta wieder den Arm um die Schulter legen.

Aber Karlotta geht schnell einen Schritt zur Seite und läuft nun ebenfalls die Treppe hinauf. Nach einigen Stufen dreht sie sich um und ruft: »Komm schon, wir müssen uns beeilen, sonst kommen wir auch noch zu spät und kriegen gleich unseren zweiten Anschiss von der Kupsch!«

»Bloß keine Hektik«, sagt Calvin. »Es hat ja noch nicht einmal das zweite Mal geklingelt.«

Und tatsächlich ist Frau Kupsch-Rühr noch nicht da, als Karlotta sich auf den Stuhl zwischen Celina und Viktoria fallen lässt.

Calvin setzt sich zu Jojo und Linus ans Fenster. Karlotta ist plötzlich froh, dass er nicht neben ihr sitzt – und gleichzeitig schämt sie sich für dieses Gefühl der Erleichterung.

Karlotta ist so in Gedanken versunken, dass sie erst gar nicht merkt, wie ihre Lehrerin hereinkommt.

»Also dann mal los: Wen soll ich auf die Kandidatenliste zur Klassensprecherwahl schreiben?«, fragt Frau Kupsch-Rühr und rollt mit ihren langen, sorgfältig lackierten Fingernägeln ein Stück Kreide zum Rand des Lehrerpultes. Dann lässt sie es geschickt in ihre Hand fallen.

Karlotta schaut fasziniert zu. Diese Frau hat so lange und gebogene Fingernägel, dass jede Märchenhexe vor Neid erblassen würde. Die Lehrerin kann mit ihren langen Nägeln weder einen Stift noch ein Stück Kreide direkt vom Tisch aufnehmen.

Ob die Nägel tatsächlich echt sind?, überlegt Karlotta.

Sie schreckt zusammen, als sie plötzlich ihren Namen hört.

»Karlotta!«, sagt Celina neben ihr laut und deutlich.

»Was?«, fragt Karlotta irritiert.

Frau Kupsch-Rühr schreibt die vorgeschlagenen Kandidaten an die Tafel: Lena, Martin, Linus, Tom und Karlotta.

»Viktoria!«, ruft Linus und grinst in Viktorias Richtung.

Karlotta schaut überrascht zu Linus herüber. Wieso schlägt er Viktoria vor? Ob er etwa in sie verknallt ist?

»Okay«, sagt Frau Kupsch-Rühr. »Ich glaube, jetzt haben wir genug Kandidaten. Lena, Martin, Linus, Viktoria, Karlotta und Tom – stellt ihr euch alle zur Wahl?«

»Ich ..«, beginnt Karlotta.

»Mach es!«, flüstert Celina neben ihr eindringlich. »Bitte! Mit deinem Gerechtigkeitsfimmel machst du das bestimmt ganz super!«

Calvin, der ihr gegenüber am Fenster sitzt, nickt ihr ebenfalls aufmunternd zu und hält die Daumen hoch.

Ausgerechnet!, denkt Karlotta. Wo er doch auf der Hinfahrt gerade noch gesagt hat, dass *er* es auf keinen Fall tun würde.

Aber irgendwie fühlt Karlotta sich auch geschmeichelt, dass Celina glaubt, dass sie eine gute Klassenvertreterin wäre.

Außerdem – wer sagt denn, dass ich überhaupt gewählt werde?, denkt sie und nickt. »Na gut!«, sagt sie laut.

Tom lehnt ab. Die anderen stellen sich alle zur Wahl.

Viktoria lächelt Karlotta an. »Finde ich ja nett von Linus, mich vorzuschlagen«, flüstert sie.

Karlotta nickt. »Er mag dich eben.«

»Ich finde ihn auch nett«, sagt Viktoria. »Er ist echt süß.« Sie lächelt Linus an. Und der strahlt sofort wie ein Honigkuchenpferd.

»Müssen wir jetzt eigentlich auch Wahlkampfreden halten?«, fragt Martin.

»Wenn ihr etwas sagen wollt – gerne«, sagt Frau Kupsch-Rühr mit einem Schulterzucken.

Martin steht auf, wirft sich in Pose und sagt dann beschwörend: »Leute, wählt mich. Ihr werdet es nicht bereuen. Wir alle wissen ja, dass unablässiger Leistungsdruck sich sehr nachteilig auf die Entwicklung von Jugendlichen auswirkt.« Er macht eine kleine Kunstpause, um die Spannung zu steigern. »Deshalb werde ich die Noten abschaffen. Hausaufgaben und Klassenarbeiten sind auch längst nicht mehr zeitgemäß … und Lehrer … am besten schaffe ich vielleicht sogar gleich die Lehrer mit ab …«

»Yeah! Martin for President!«, ruft Jojo dazwischen.

»Martin!«, mahnt Frau Kupsch-Rühr, aber auch sie muss lachen. »Setz dich, du Clown. Mit solchen Versprechungen solltest du Politiker werden!«

Martin grinst. »Wieso?«, fragt er. »Ich will doch nur …«

»Setz dich!«, wiederholt Frau Kupsch-Rühr etwas strenger. Martin setzt sich schulterzuckend wieder hin.

»Möchte jemand der anderen Kandidaten auch noch etwas sagen? Nicht? Dann beginnen wir gleich mit der geheimen Wahl. Tom, teilst du die hier bitte aus?«

Die Lehrerin holt einen kleinen Stapel rosafarbener Blätter aus ihrer Aktentasche und legt sie auf Toms Pult.

»Jeder schreibt bitte *einen* Namen drauf. Wer mehrere Namen aufschreibt, dessen Stimme wird ungültig.«

Nach fünf Minuten sammelt Tom die Zettel wieder ein. Dann setzt er sich mit dem Stapel Zettel auf dem Schoß aufs Fensterbrett und liest die Namen vor, während Celina Striche hinter die Namen macht. Karlotta ist überrascht, wie viele Stimmen Viktoria bekommt, obwohl sie doch erst seit wenigen Tagen in der Klasse ist.

Das Ergebnis lautet schließlich:

Karlotta:	*6*
Viktoria:	*6*
Martin:	*2*
Lena:	*5*
Linus:	*8*
Ungültig:	*1*

»Tja, Martin, irgendwie scheinen deine Klassenkameraden doch an uns Lehrern zu hängen«, meint Frau Kupsch-Rühr mit einer gewissen Genugtuung.

Aber Martin scheint nicht weiter betrübt darüber zu sein, dass er die wenigsten Stimmen bekommen hat.

»Wer hätte das gedacht!«, sagt er. »Dann werde ich für nächstes Jahr wohl ein ausgefeilteres Wahlprogramm austüfteln müssen!«

»Tu das!«, sagt die Lehrerin lächelnd. »Linus, die Mehrheit der Klasse hat dich zum Klassensprecher gewählt. Was ist, nimmst du die Wahl an?«

Linus steht auf. »Ja, klar! Die Hausaufgaben abzuschaffen wird mir wahrscheinlich nicht gelingen …« Er wirft einen Blick hinüber zu der Klassenlehrerin. »… aber ich werde mir Mühe geben, mich bei allen anderen Schwierigkeiten für die Klasse einzusetzen!«

Er macht eine kleine Verbeugung, und die Klasse applaudiert.

»So, jetzt brauchen wir noch einen Stellvertreter«, sagt Frau Kupsch-Rühr. »Ich würde eine Stichwahl zwischen den beiden Kandidaten mit den nächstmeisten Stimmen vorschlagen.« Sie wirft einen kurzen Blick auf die Tafel. »Das sind: Viktoria und Karlotta. Wer ist dagegen?«

Keiner meldet sich.

»Vorschlag einstimmig angenommen«, stellt Frau Kupsch-Rühr fest.

»Wow! Das wird ja ein echtes Kopf-an-Kopf-Rennen«, flüstert Viktoria. Sie freut sich sichtlich, dass sie so viele Stimmen bekommen hat, und kaut nervös an den Fingernägeln. »Aber ich bin sicher, bei der Stichwahl wirst du gewinnen!«, sagt sie, und es klingt ziemlich bedauernd.

Karlotta schaut zu Linus, der gerade mit Calvin flüstert. Calvin schüttelt den Kopf und schaut zu Karlotta. Als ihre Blicke sich treffen, lächelt er.

Linus stößt mit dem Ellenbogen an Calvins gesunden Arm, um wieder seine Aufmerksamkeit zu bekommen, und redet weiter auf ihn ein. Dabei schaut auch er immer wieder herüber zu Karlotta und Viktoria.

Um was es bei den beiden da drüben wohl geht?, überlegt Karlotta. Aber Linus und Calvin sitzen auf der anderen Seite des Klassenzimmers. Sie flüstern, und Karlotta kann kein Wort verstehen.

Sie beobachtet, wie Calvin immer wieder energisch den Kopf schüttelt und wieder zu ihr herüberschaut. Schließlich, als Linus gar nicht aufgibt, rückt Calvin mit seinem Stuhl leicht genervt ein wenig von Linus ab.

Auf einmal weiß Karlotta, wieso Linus so auf Calvin einredet: Er will ihn überreden, bei der Stichwahl für Viktoria zu stimmen. Doch Calvin weigert sich offenbar. Er scheint fest entschlossen, Karlotta zu wählen.

Wie nett von Calvin! Karlotta hat auf einmal ein ganz warmes Gefühl im Herzen.

Aber dann fällt ihr Blick auf Linus, der ganz missmutig auf seinem Block herumkritzelt.

So, so, Linus möchte also lieber mit Viktoria zusammen ein Klassensprecherpaar bilden.

Mir liegt doch eigentlich gar nichts dran, stellvertretende Klassensprecherin zu werden, denkt Karlotta. Ehe Celina mich vorgeschlagen hat, habe ich ja im Traum nicht daran gedacht, mich aufstellen zu lassen. Außerdem hat Calvin Recht: Als Klassensprecherin muss man sich mit einer Menge unangenehmer Dinge herumärgern.

Einer plötzlichen Eingebung folgend, steht Karlotta auf und erklärt: »Ich möchte bitte wieder von der Liste gestrichen werden.«

»Karlotta! Wieso?«, flüstert Viktoria völlig überrascht.

Karlotta zuckt mit den Schultern. Sie schaut zu Linus rüber. »Weiß nicht. So halt. Ich glaube, ich möchte einfach doch nicht.«

Sie wird rot, weil ihr in dem Moment leider keine bessere Begründung einfällt.

»Damit ist Viktoria die Vizeklassensprecherin«, sagt Frau Kupsch-Rühr. »Hat jemand Einwände?«

Sie wartet einen Moment und blickt in die Runde. Niemand meldet sich. »Keine? Okay. Nimmst du die Wahl an, Viktoria?«

»Ich weiß nicht, ich …«, sagt Viktoria verunsichert.

Frau Kupsch-Rühr runzelt die Stirn und schaut auf die Uhr. Sie will endlich mit dem Unterrichtsstoff beginnen.

»Sag schon ja«, fordert Karlotta ihre Banknachbarin auf.

Da lächelt Viktoria endlich und sagt: »Na gut: Ja!«

Linus strahlt.

Partypläne

Auch im Schwimmbad merkt man sofort, dass die Sommerferien nun zu Ende sind. Letzte Woche waren die Fahrradständer schon morgens völlig überfüllt, und der gesamte Bürgersteig im Eingangsbereich war ebenfalls mit Fahrrädern, Mofas und Motorrollern zugeparkt. Heute Nachmittag hingegen sind sogar noch jede Menge Plätze im Fahrradständer frei.

Karlotta und Viktoria haben sich auf der Liegewiese zwischen Planschbecken und Spielplatz verabredet. Eigentlich ist das nicht Karlottas bevorzugter Liegeplatz, aber Viktoria hat gemeint: »Wenn Caroline hört, dass ich mit dir verabredet bin, will sie garantiert auch mit. Und ins Planschbecken oder auf den Spielplatz geht sie zur Not auch mal alleine. Dann haben wir wenigstens zwischendurch mal ein bisschen unsere Ruhe.«

Rund ums Planschbecken ist die Liegewiese nach wie vor ziemlich voll. Die Planschbecken-Zwerge gehen ja noch nicht in die Schule.

Von Ruhe kann hier jedenfalls keine Rede sein!, findet Karlotta. Überall ohrenbetäubendes Kindergeschrei!

Karlotta entdeckt Viktoria auf einer Decke im Schatten. Sie hat Caroline auf dem Schoß und liest ihr ein Bilderbuch vor. Die beiden bemerken Karlotta erst, als sie direkt vor ihnen steht.

»Hey, ihr zwei!«, sagt Karlotta.

Sie holt ihr Badelaken aus dem Rucksack und breitet es neben der Decke der beiden aus.

»Hallo, Karlotta«, sagt Viktoria und klappt das Bilderbuch zu. Sie schaut Caroline an. »Da ist sie, Caroline. Du hast dich doch so drauf gefreut, Karlotta wieder zu sehen …«

Caroline nickt, nimmt aber den Daumen dabei nicht aus dem Mund und bleibt auf dem Schoß ihrer Schwester sitzen.

Nach dem, was Viktoria die letzten Tage immer wieder erzählt hat, hatte Karlotta eigentlich eher erwartet, dass Caroline auf sie zugestürmt kommt und ihr in die Arme springt. Und wenn sie ehrlich ist, ist sie sogar ein wenig enttäuscht, dass Caroline sie so zurückhaltend begrüßt.

»Ich glaube, sie braucht heute ein Weilchen, ehe sie auftaut. Caroline ist noch ein bisschen verschlafen«, meint Viktoria und streicht ihrer kleinen Schwester eine Haarsträhne aus dem Gesicht.

Karlotta zieht ihr Kleid über den Kopf – wie immer hat sie den Badeanzug schon drunter – und setzt sich dann mit gekreuzten Beinen auf ihr Badetuch. »Musst du …«, sie verbessert sich rasch, weil Caroline ja dabei ist, »… passt du eigentlich jeden Tag auf Caroline auf?«

»Nee«, antwortet Viktoria. »Normalerweise ist Caroline morgens im Kindergarten und nachmittags zu Hause bei Mama. Aber im Moment hat Mama gerade mal wieder so einen eiligen Auftrag. Mama ist Webdesignerin, sie arbeitet zu Hause. Und mit diesem kleinen Wirbelwind im Haus kann niemand wirklich konzentriert arbeiten!« Bei diesen Worten kitzelt sie ihre kleine Schwester.

»Hihi! Nicht, Tori!« Caroline lacht und windet sich, springt schließlich auf und läuft kichernd ein Stück weg.

»Geh doch mal ein bisschen schwimmen«, schlägt Viktoria vor. Sie hält die Schwimmflügel hoch, und Caroline kommt wieder näher, um sie sich anlegen zu lassen.

»Kommt ihr mit?«, fragt die Kleine.

»Wir gucken dir erst einmal von hier aus zu«, sagt Viktoria. »Du weißt doch, dass Karlotta und ich hier etwas für die Schule vorbereiten müssen. Schau mal, Sarah und Lilly aus dem Kindergarten sind auch im Planschbecken. Die beiden haben vorhin schon gefragt, ob du mitkommst. Sie warten sicher schon auf dich.«

»Aber nachher müsst ihr auch mal kommen«, verlangt Caroline und schaut dabei Karlotta an.

»Machen wir«, verspricht Karlotta.

Caroline stiefelt in Richtung Wasserbecken davon.

»Wieso sagt Caroline eigentlich nicht Vicky zu dir?«, fragt Karlotta.

»Bloß nicht!«, sagt Viktoria entsetzt. »Ich kann es auf den Tod nicht ausstehen, wenn jemand mich *Vicky* nennt! Außerdem sagt Caroline schon immer Tori oder Toria zu mir. Ich mag das.«

»Und findest du es nicht lästig, andauernd auf deine kleine Schwester aufpassen zu müssen?«, fragt Karlotta weiter. »So süß sie ja auch ist«, fügt sie schnell hinzu. »Ich meine ja nur …«

Viktoria lacht. »Schon gut, ich weiß schon, wie du das

meinst.« Sie zuckt mit den Schultern. »Doch, manchmal bin ich wirklich ein bisschen genervt«, gibt sie zu. »Aber ich muss es ja nicht immer machen. Meistens ist Caroline nachmittags bei meiner Mutter. Und Emil, mein großer Bruder, ist auch regelmäßig dran mit babysitten.«

Zu ihrem eigenen Erstaunen hört Karlotta sich sagen: »Ich bekomme bald auch noch mal eine kleine Schwester ...«

Kaum hat sie das gesagt, hätte sie sich am liebsten auf die Zunge gebissen.

Zu spät. Was Viktoria jetzt wohl denkt ...?

»Ach«, sagt Viktoria nur, »auch so ein Nachzügler-Nesthäkchen wie Caroline.«

Karlotta ist froh, dass Viktoria weder eine blöde Bemerkung macht noch nachfragt, wie Karlotta sich dabei fühlt.

Viktoria fährt gedankenverloren die Karos auf der Decke mit dem Finger nach und sieht auf einmal ganz ernst aus. »Ich war anfangs nicht gerade begeistert, als meine Eltern uns erzählt haben, dass da noch ein Baby kommen soll. Aber als dann mein ...« Sie stockt und schüttelt den Kopf.

Karlotta findet, dass es fast so aussieht, als wolle sie ihre langen Haare vors Gesicht schütteln – was natürlich Unsinn ist, denn Viktorias Haare sind ja raspelkurz.

»Aber jetzt bin ich wirklich froh, dass es Caroline gibt«, beendet Viktoria den angefangenen Satz. Ihre Stimme klingt auf einmal ein bisschen dünn.

Karlotta mustert sie aufmerksam. »Was hast du denn?«, fragt sie.

»Autsch!« Viktoria steht auf, humpelt von der Decke

und presst die Zehen ihres linken Fußes dabei fest auf den Boden. »Ein verdammter Krampf!«, stöhnt sie.

Es muss ein sehr schmerzhafter Krampf sein, wenn er ihr sogar Tränen in die Augen treibt, denkt Karlotta.

»Sei froh, dass es dir nicht im Wasser passiert ist«, sagt sie. »Das ist erst blöd!«

Viktoria nickt, kramt in ihrem Rucksack nach einem Taschentuch und schnäuzt sich energisch die Nase.

»Wie wär's? Sollen wir uns jetzt mal ein paar Ideen zu unserem Biologieprojekt aufschreiben?«, fragt sie dann plötzlich ganz geschäftsmäßig und kramt auch gleich eifrig einen Block und einen Stift hervor.

»Okay«, sagt Karlotta, »irgendwann müssen wir es ja eh machen.«

Sie arbeiten über eine Stunde. Caroline kommt zwischendurch mal angerannt, um zu sagen, dass sie jetzt mit Sarah, Lilly und Sarahs Mutter rüber zum Spielplatz geht.

Viktoria nickt. Sie hilft Caroline, die Schwimmflügel abzustreifen, und gibt ihr eine rote Stofftasche mit. »Hier drin sind Schaufel, Förmchen und Gießkanne. Spiel schön! Wenn wir fertig sind, kommen wir auch.«

»Okay!«, flötet die Kleine und rennt wieder davon.

Nach einer weiteren halben Stunde klappt Viktoria den Block zu. »Das müsste langen, oder?«

»Aber dicke«, stimmt Karlotta ihr zu.

»Ich tippe das alles noch mal ab und bring dir dann einen Ausdruck mit in die Schule, okay?«, schlägt Viktoria vor.

»Super«, sagt Karlotta.

Sie ist froh, dass Frau Herzog sie mit Viktoria zusammengesteckt hat. Erstens mag sie Viktoria, und außerdem scheint sie echt Ahnung von Biologie zu haben. In den anderen Fächern ist sie bestimmt auch nicht schlecht.

»Das Ausarbeiten unseres Versuchskonzeptes hat jetzt richtig Spaß gemacht mit dir«, meint Karlotta anerkennend. »Sag mal, wieso hast du eigentlich die Schule gewechselt?«

Wenn das nicht eine so harmlose Frage wäre, hätte Karlotta jetzt vermutet, dass Viktorias plötzlicher Hustenanfall damit zusammenhängt. Sie klopft ihr hilfsbereit auf den Rücken, kramt ihre noch halb gefrorene Wasserflasche aus dem Rucksack, schraubt den Deckel ab und reicht sie Viktoria.

Viktoria nimmt einen langen Schluck. Das scheint ihren Hustenreiz zu beruhigen.

»In meiner alten Schule gab es Ärger mit ein paar Lehrern«, antwortet Viktoria schließlich.

Karlotta hört aufmerksam zu. »Wieso?«, fragt sie. »Was hast du denn ausgefressen?«

»Eigentlich nichts.« Viktoria schlägt die Augen nieder. »Um ehrlich zu sein: Ich bin hängen geblieben und konnte den Gedanken nicht ertragen, eine Klasse unter meinen alten Freunden weiterhin dort zur Schule zu gehen. Dann lieber ganz neu anfangen.«

Karlotta nickt. »Das kann ich gut verstehen«, sagt sie. »Aber bei uns hast du ja einen wirklich sensationellen Start gehabt. Du bist sogar schon Klassensprecherin!«

»Stellvertretende!«, korrigiert Viktoria lächelnd. »Und auch nur, weil du aufgegeben hast. Wieso hast du das eigentlich gemacht?«

Karlotta zuckt mit den Schultern und sagt nur: »Vielleicht liegt es daran, dass ich Krebs bin, die legen doch oft im letzten Augenblick den Rückwärtsgang ein.«

Viktoria runzelt die Stirn. »Glaubst du etwa an so was?«

»Eigentlich nicht. Aber manchmal denke ich doch, dass vielleicht etwas dran sein könnte. Und du?«

»Nee«, sagt Viktoria ganz entschieden. »Alles Humbug! Wieso sollte denn dein Geburtstag etwas mit deinem Schicksal zu tun haben?« Sie schüttelt energisch den Kopf. Dann fällt ihr auf einmal etwas ein, und sie zieht den Block, den sie schon weggepackt hatte, wieder heraus.

»Apropos Geburtstag: Eigentlich wollte ich ja gar nicht groß feiern …«, sagt sie. »Aber meine Mutter besteht darauf, mir eine große Fete zum Geburtstag zu schenken.«

»Hey, das klingt doch super!«, findet Karlotta.

Viktoria nickt ohne große Begeisterung. »Ja, eigentlich schon.« Sie starrt einen Augenblick ins Leere, als müsse sie gerade an etwas unendlich Trauriges denken.

Karlotta schüttelt ungläubig den Kopf. »Also, meine Mutter müsste mich bestimmt nicht lange überreden, ein großes Geburtstagsfest zu feiern. Bei uns ist das eher umgekehrt. Wir haben nicht so viel Platz, und deshalb kann ich nie so viele Leute einladen, wie ich gerne möchte.«

Viktoria wedelt eine Wespe weg, die ihr um die Ohren summt. »Platz haben wir genug. Ich will ein Gartenfest machen. Aber keine Kinderparty!«

Karlotta nickt. »Super! So richtig mit Tanzen und so?«

Viktoria nickt. »Und damit es nicht so albern wird, will ich auch einige Pärchen einladen.«

»Und wann soll die Party steigen?«, fragt Karlotta.

»Samstag in einer Woche«, antwortet Viktoria.

Sie zückt ihren Stift und schreibt *Gästeliste* oben auf die Seite. »Karlotta und Calvin …«, murmelt sie leise während des Schreibens.

»Du musst mir, glaube ich, ein bisschen helfen: Wer aus unserer Klasse hat denn schon einen Freund oder eine Freundin?«, fragt Viktoria schließlich. »Ich blick das noch nicht so.«

Karlotta überlegt. »Eigentlich sind es vor allem Mädchen, die schon feste Freunde haben. Aber die Freunde gehen auch nicht immer in unsere Klasse.«

»Macht ja nichts«, sagt Viktoria.

»Also: Luise hat einen Freund. Der geht aber auf die Scholl-Schule, und ich weiß auch nicht, wie er heißt.«

Viktoria schreibt: *Luise + ?*.

Karlotta zählt auf: »Lena hat auch einen Freund, Katja geht mit Christian, Anne mit Robin …« Sie überlegt. »Wen gibt es noch?«

»Linus«, schlägt Viktoria vor.

»Linus«, wiederholt Karlotta gedehnt. »Nein. Linus hat keine Freundin.«

»Echt?«, fragt Viktoria. »Dabei ist das so ein süßer Typ.«

Karlotta nickt.

»Macht nix«, sagt Viktoria, klappt den Block zu und packt ihn wieder ein. »Vielleicht lade ich ja auch einfach die ganze Klasse ein.«

»Echt?«, fragt Karlotta. »So viele?«

Viktoria zuckt mit den Schultern. »Wenn meine Mutter darauf besteht, dass ich eine große Party mache, warum nicht? Ich will auch noch ein paar Leute aus meiner alten Klasse einladen – und natürlich Anouar.«

»Anouar? Was für ein ungewöhnlicher Name. Ist das der Junge, mit dem ich dich das erste Mal im Schwimmbad gesehen habe?«, fragt Karlotta.

Viktoria nickt. »Ja, Anouar ist mein Freund. Seine Familie kommt aus Tunesien.«

»Woher kennst du ihn? Geht er in deine alte Klasse?«, fragt Karlotta. Kennenlern-Geschichten findet sie immer besonders spannend und romantisch.

Viktoria streicht sich eine Ameise vom Bein. »Nein, wir kennen uns vom Ballett. Wir tanzen in der gleichen Gruppe.«

»Was?«, ruft Karlotta ungläubig. »Anouar tanzt? Ich meine … Ich habe noch nie gehört, dass ein Junge Ballett macht!«

»Wieso nicht? Es gibt doch sehr viele bekannte Tänzer und Choreografen – Mats Ek … John Cranko … Nurejew – die müssen ja auch irgendwann mal angefangen haben«, sagt Viktoria.

Karlotta nickt, obwohl sie keinen dieser Namen je zuvor gehört hat.

»Aber Anouar erzählt es nicht gerne, dass er Ballett macht«, fährt Viktoria fort. »Oft machen die Leute dann irgendwelche blöden Bemerkungen oder ziehen ihn damit auf, dass er bestimmt schwul ist, wenn er bei so einen *Weiberkram* mitmacht. Ist natürlich alles Quatsch! Aber leider gibt es mehr Idioten, als man denkt!«

»Was hat Ballett denn mit Schwulsein zu tun?«, fragt Karlotta, die den Zusammenhang nicht ganz versteht.

»Nichts, das ist es ja«, sagt Viktoria. »Trotzdem, behalt es bitte für dich, ja?«

»Okay. Ich erzähl es bestimmt nicht weiter«, verspricht Karlotta.

»Und seit wann bist du mit Calvin zusammen?«, fragt Viktoria.

Karlotta wird rot. Auf diese Frage ist sie jetzt nicht vorbereitet. »Seit zwei Wochen«, sagt sie verlegen. Sie schaut Viktoria dabei nicht an.

Viktoria mustert Karlotta überrascht. »Na, sehr begeistert klingst du ja nicht gerade«, stellt sie fest. »Was ist los? Was ist mit Calvin?«

Sie wartet einen Augenblick, und als Karlotta nichts sagt, zählt Viktoria auf: »Raucht er? Hat er blöde Freunde? Betatscht er dich?«

Karlotta muss lachen und schüttelt dann energisch den Kopf. »Ach was. Nein, so was macht Calvin nicht.«

»Sondern?«, bohrt Viktoria weiter.

»Ach, irgendwie bin ich mir gar nicht sicher. Ich glaube, so wie es früher war, war es besser«, erwidert Karlotta schließlich zögerlich.

»Wie war es denn früher?«, fragt Viktoria.

»Wir waren einfach nur beste Freunde«, sagt Karlotta wehmütig.

»Und warum machst du dann nicht wieder Schluss? Wieso sagst du ihm das nicht?«

»Wenn das so einfach wäre.« Karlotta schluckt. »Ich hab irgendwie Angst, dass Calvin mir böse ist und nichts mehr von mir wissen will, wenn ich ihm das sage. Calvin ist mein bester Freund, verstehst du.« Sie senkt den Kopf und betrachtet ihre wackelnden Zehen, als seien es seltsame Käferchen, die gar nicht zu ihr gehörten.

»Ich kenne Calvin schon fast seit ich denken kann. Er hat mir im Sandkasten die Schippe auf den Kopf gehauen, ich habe ihm im Kindergarten Löcher in seinen Anorak geschnitten …« Sie stockt. » Eigentlich kennen wir uns verdammt gut. Aber seitdem wir miteinander gehen, seitdem wir uns küssen, versickert die alte Vertrautheit zwischen uns plötzlich wie Wasser in sandigem Boden. Ich habe das Gefühl, als ob ich Calvin auf einmal gar nicht mehr richtig kenne!« Karlotta hebt hilflos die Hände. »Das klingt bestimmt bescheuert, oder?«

»Gar nicht«, widerspricht Viktoria. »Ich glaube, ich weiß, was du meinst. Das klingt, als würde jemand von mir verlangen, dass ich mit meinem Bruder gehe. Brrr!«

Karlotta schaut Viktoria überrascht an. Dann nickt sie langsam. »Ja«, sagt sie. »Ein bisschen so.«

»Aber Calvin ist doch bestimmt ein netter Typ, sonst würde dir sicher nicht so viel an ihm liegen«, meint Viktoria.

Karlotta nickt. »Ja, klar …«

»Also, ich kann mir nicht vorstellen, dass er dich zwingt, ihn zu küssen«, sagt Viktoria.

Karlotta wird ein bisschen rot. »Nein, natürlich nicht. Das ist es ja. Auf der einen Seite will ich ihn nicht zurückweisen, aber auf der anderen ist es auch irgendwie ungeheuer aufregend, zu küssen.«

Nach einem kurzen Augenblick fügt Karlotta hinzu: »Und andere Jungen wollten mich bisher noch nie küssen.«

»Dann küsst du Calvin also auch deshalb, weil du es einfach schön findest und weil kein anderer es tut?«, fragt Viktoria nach.

»Wie das klingt …«, sagt Karlotta zögernd.

»Aber es stimmt doch«, beharrt Viktoria.

»Doch nicht so, wie du das jetzt sagst …«, wehrt Karlotta ab.

Viktoria ignoriert Karlottas erneuten Einwand einfach. »Hm, klingt, als müsstest du dich entscheiden«, analysiert sie ganz nüchtern. »Entweder du behältst einen besten Freund oder einen aufregenden Küsser! Beides auf einmal kann Calvin für dich nicht sein.«

Karlotta schaut Viktoria überrascht an. Dieses Mädchen hat ihre diffusen Gefühle in einem Satz glasklar auf den Punkt gebracht. Das muss erst mal sinken. Darüber muss sie erst einmal in Ruhe nachdenken.

Viktoria scheint zu spüren, dass Karlotta über dieses Thema im Augenblick nicht mehr reden mag.

»Komm, dann schauen wir jetzt mal nach Caroline«, schlägt sie vor. »Sie wartet bestimmt schon sehnsüchtig darauf, dass du mit ihr schaukelst und Sandburgen baust!«

Karlotta lächelt erleichtert.

Sie freut sich auf einmal richtig darauf, mit Viktorias kleiner Schwester zu spielen!

Belauschte Heimlichkeiten

Calvin ist nicht besonders begeistert von der Einladung zu Viktorias Party. »Eine Party mit Tanzen! Was für eine beknackte Idee. Bestimmt will sie da auch all diese doofen, hirnlosen Partyspiele machen, Flaschendrehen und so was. Ich bin eigentlich nicht scharf drauf, da hinzugehen.«

»Also ich gehe auf jeden Fall!«, sagt Linus sofort. »Außerdem hat Viktoria ja die *gesamte* 7b eingeladen.«

»Eben, wär doch doof, wenn du als Einziger nicht dabei wärst«, meint auch Jojo. Er greift nach der Chipstüte. Für ihn ist das Thema damit erledigt. »Schieb doch mal den ersten Film rein, Linus!«

Linus' Eltern gehen donnerstags immer kegeln, und meistens treffen Calvin, Jojo und Karlotta sich dann bei Linus zum Videoschauen.

»Auf Tanzen und solche blöden Partyspiele hab ich natürlich auch keine Lust«, sagt Linus. »Aber ich werde trotzdem hingehen!« Er erhebt sich aus seinem Sessel und geht zum Videorekorder. »Ich habe *Die Rückkehr der Killertomaten* geholt.« Er hält den Film hoch. »Einige von euch wollten ja diesmal keinen Horrorfilm …« Dabei wirft er Karlotta einen viel sagenden Blick zu. Karlotta beschließt, diese Bemerkung einfach zu ignorieren.

»Viktorias Eltern müssen ja ziemlich Knete haben«, überlegt Calvin. »Wenn Viktoria so viele Leute zu ihrem Fest einladen darf!«

»Hey, seid doch endlich mal ruhig!«, beschwert sich Jojo. »Ich will den Film sehen.«

*

Karlotta überlegt die ganze Woche über, was sie Viktoria schenken soll. Originell muss es sein – das ist klar. So etwas Normales wie ein Buch oder eine CD kommt natürlich nicht in Frage. Eine Pflanze? Vielleicht findet Viktoria das ja spießig. Einen Lippenstift? Aber welche Farbe? Außerdem hat Karlotta noch nie bemerkt, dass Viktoria sich schminkt. Haarspangen scheiden auch aus – bei den kurzen Haaren.

Tee? Badeschaum? Briefpapier? Körperlotion?

Schließlich kauft Karlotta einen Ex-libris-Stempel. Umrankt von Jugendstilblüten steht da *Dieses Buch gehört*, und untendrunter ist Platz für den Namen. Dazu nimmt sie noch ein grünes Stempelkissen. Beides zusammen ist eigentlich eine ganze Ecke teurer, als sie es sich von ihrem Taschengeld leisten könnte, aber Calvin zahlt ja hoffentlich die Hälfte, und dann geht es.

Am Samstag überlegt sie Ewigkeiten, was sie anziehen soll. Den schwarzen Rock mit dem roten Glitzertop? Die ausgestellten Hosen mit dem rückenfreien T-Shirt? Ihr neues grünes Sommerkleid? Oder ist das zu schick für eine Gartenparty?

Ihre Eltern sind auch keine große Entscheidungshilfe.

»Mit den Hosen siehst du aus wie ein echtes Siebziger-Jahre-Blumenkind«, sagt Papa begeistert.

»Ich will mich doch nicht verkleiden!«, sagt Karlotta.

»Also, ich finde ja, in dem Sommerkleid siehst du sehr hübsch aus«, meint Mama.

Karlotta hätte von vornherein wetten können, dass Mama ihr zu dem Sommerkleid rät. Mama steht eben auf Kleider.

Karlotta trottet zurück in ihr Zimmer. Da sie sich immer noch nicht entscheiden kann, greift sie zu einem alten Kinderabzählreim: »Ene mene muh …«

Der Abzählreim scheint sich mit Mama verbündet zu haben und erwählt das grüne Sommerkleid zur Abendgarderobe.

Trotzdem hängt Karlotta das Kleid und den Rock zurück in den Schrank und zieht die Hose und das rückenfreie T-Shirt an. Schade nur, dass sie keinen ihrer schicken neuen BHs darunter tragen kann. Mittlerweile trägt sie die nämlich echt gerne.

Wo ist bloß die Jeansjacke? Karlotta schaut sogar unter dem Bett nach, ehe ihr einfällt, dass sie die Jacke gestern Abend ganz gegen ihre sonstige Gewohnheit ordentlich an die Garderobe gehängt hat.

»Hast du mein Geschenk eingepackt?«, ruft sie ihrer Mutter in der Küche zu. »Ich muss jetzt los!«

»Ja, fertig«, sagt ihre Mutter und steckt noch eine Rose vom Balkon in den Knoten. Niemand kann so grandiose Schleifen binden wie ihre Mutter. Geschenke, die sie eingepackt hat, sollte man eigentlich gar nicht auspacken!

»Danke, Mama!« Karlotta gibt ihrer Mutter einen Kuss und nimmt das kunstvoll verpackte Geschenk in Empfang.

»Du siehst sehr hübsch aus, Schatz!«, sagt ihre Mutter. »Hast du deinen Schlüssel? Du weißt doch, dass wir nachher noch ins Theater gehen wollen …«

Karlotta legt eine Hand auf die Potasche ihrer Hose und fühlt. Ja, da ist er. Sie nickt. »Tschüs, Paps!«, ruft sie.

»Sollen wir dich nicht vielleicht doch lieber hinbringen und abholen?«, fragt ihr Vater zum hundertsten Mal.

»Nein!«, antwortet Karlotta ebenfalls zum hundertsten Mal. »Calvin und ich fahren zusammen mit dem Fahrrad. So weit ist es ja nicht.«

»Na dann. Viel Spaß!«, wünscht ihr Vater. »Und komm nicht zu spät!«

»Nein. Auf keinen Fall.« *Zu* spät ist ja zum Glück relativ, also ein ungefährliches Versprechen. »Tschüs zusammen!«

Hoffentlich ist Calvin auch schon fertig, denkt Karlotta, als sie sein Rennrad aus dem Fahrradkeller schiebt. Sie hat keine Lust, zu spät zu kommen.

Sie überquert die Straße und klingelt bei Krauses.

»Hey, du siehst ja scharf aus, Karlotta!«, sagt Anabel, als sie die Tür öffnet. »Ich fürchte, Calvin hat sich nicht so in Schale geworfen. Soll ich ihn rufen, oder gehst du hoch?«

»Ich geh hoch«, sagt Karlotta und freut sich über Anabels Kompliment. Anabel sieht nämlich selbst auch immer echt gut aus.

Calvins Zimmertür ist nur angelehnt. Er telefoniert. Karlotta will gerade die Tür aufstoßen und reingehen, da hört sie, wie Calvin sagt: »Klar macht es mir Spaß, Karlotta zu küssen und so … Was? … Nee, haben wir noch nicht … Doch, das schon. Klar … ja, auch untendrunter …«

Karlotta bleibt wie angewurzelt stehen. Mit wem redet Calvin da? Und über was? Ist es wirklich das, wonach es sich anhört? Erzählt er da tatsächlich jemandem haarklein, was sie miteinander tun, wenn sie alleine sind?

Karlotta kann es erst gar nicht glauben, was sie da hört. Dann wird sie wütend. So eine bodenlose Unverschämtheit! Da kann sie ja gleich einen Aushang ans schwarze Brett in der Schule hängen!

Karlotta stürmt entschlossen und ohne anzuklopfen in Calvins Zimmer und bleibt mit verschränkten Armen hinter Calvin stehen.

»Das versteht sich ja wohl von selbst …« Calvin hört Schritte und dreht sich wie ertappt in seinem Schreibtischstuhl um. »Oh, Karlotta, du schon!«

Er schaut auf die Uhr. »Ich muss Schluss machen. Ja, klar, mach ich. Okay. Bis morgen!« Er beendet das Gespräch, legt das Telefon auf den Schreibtisch, steht auf und will Karlotta in den Arm nehmen. Aber Karlotta hält sich das Geschenk wie einen Panzer vor den Bauch, sodass Calvin ihr nur einen Kuss auf die Wange hauchen kann.

»Ich muss nur noch meine Schuhe anziehen«, sagt Calvin und angelt seine Turnschuhe unterm Bett hervor.

»Mit wem hast du denn da eben telefoniert?«, fragt Karlotta betont beiläufig.

»Mit Linus. Er hat Durchfall und kann nicht mitkommen. Der Ärmste, er hat sich doch so auf die Party gefreut! Wir sollen ihm genau erzählen, wie es war.«

Mit Linus also.

»Fertig!«, sagt Calvin und springt auf. »Du siehst toll aus!«

»Danke«, sagt Karlotta einsilbig und ohne dass sie sich wirklich über sein Kompliment freut.

»Hast du irgendwas?«, fragt Calvin.

»Nö, nichts«, sagt Karlotta.

Ihre Vorfreude auf die Party, der sie schon die ganze Woche über entgegengefiebert hat, ist wie weggeblasen.

Früher hat sie es Calvin immer sofort an den Kopf geschleudert, wenn sie sich über irgendetwas geärgert hat. Aber das geht jetzt nicht. Karlotta wüsste auch gar nicht, wie sie anfangen sollte: »Calvin, ich habe gerade an deiner Tür gelauscht und gehört, dass ...« – Auf keinen Fall! Oder: »Ich habe gehört, wie du eben vor Linus geprahlt hast ...« – Das bringt Karlotta erst recht nie und nimmer über die Lippen.

Plötzlich ist das Küssen und Schmusen nicht mehr etwas, was sie beide gewollt und genossen haben, sondern nur noch etwas, womit Calvin vor anderen angibt.

Karlotta fühlt sich auf einmal benutzt. Sie schämt sich dafür. Und sie fühlt sich richtig mies.

Sie trottet hinter Calvin her durchs Haus bis in die Garage. Als er das Garagentor von innen aufmacht, flucht er: »So ein Mist!« Die ganze Einfahrt steht voller Gerümpel: alte Farbdosen, Plastikeimer, Kartons ...

»Hab ich völlig vergessen. Anabel und mein Vater haben ja heute Nachmittag die Garage ausgemistet!« Er stöhnt. »Ich habe gedacht, mein Vater hätte das alles längst zur Sondermülldeponie gebracht.«

Calvin bleibt stehen und überlegt. »Wie soll ich denn jetzt mit meinem Fahrrad hier rauskommen?«

Karlotta zuckt mit den Schultern.

»Also, ich weiß nicht.« Calvin schaut sie prüfend von der Seite an. »Irgendwie bist du schon seltsam heute …«

»Bin ich gar nicht!«, knurrt Karlotta. Aber irgendwie muss ihr Ärger raus. Sie nimmt all ihren Mut zusammen und sagt ganz plötzlich und unvermittelt: »Calvin, ich glaube, es ist besser, wenn wir nicht mehr miteinander gehen.«

Im gleichen Augenblick stößt Calvin leider an einen Stapel Farbdosen, die laut scheppernd umfallen. Er bückt sich und fängt die umherrollenden rostigen Dosen hastig wieder ein. »'tschuldige, was hast du gesagt?«, fragt Calvin.

»Ach, nichts«, sagt Karlotta schnell.

Sie ist fast ein bisschen erleichtert, dass Calvin nicht verstanden hat, was sie gerade gesagt hat. Auf jeden Fall hat sie jetzt nicht mehr den Mut, den Satz zu wiederholen.

Weil Calvin das mit seinem verletzten Arm schlecht kann, hebt Karlotta das Fahrrad hoch und über die Farbeimer drüber.

»Danke«, sagt Calvin.

»Bitte«, sagt Karlotta knapp.

»Ich hatte heute auch keinen prickelnden Tag«, sagt Calvin. »Ich war mal wieder beim Fußballtraining. War echt scheiße, nur auf der Bank zu sitzen und zuschauen zu müssen! Und ich hab den Gips ja mindestens noch vier Wochen!«

»Hm«, macht Karlotta.

Sie ist froh, als sie auf die Bergheimer Straße abbiegen und hintereinander fahren müssen. Worauf sie jetzt wirklich nicht die allergeringste Lust hat, ist Calvins Röntgenblick!

Weder Karlotta noch Calvin sind je zuvor bei Viktoria zu Hause gewesen. Trotzdem erkennen sie das Haus sofort, denn am Gartentor hängen eine dicke Traube bunter Luftballons und ein Schild, auf dem steht:

Nicht klingeln.
Einfach reinkommen &
Luftballons folgen.

Das Haus hat viele große Fenster ohne Gardinen. Calvin und Karlotta folgen der Luftballonspur durch den Garten. Im Rasen blühen Gänseblümchen und Löwenzahn. Blumen, Kräuter und Sträucher wuchern wild durcheinander: Gelbe Sonnenblumen erheben sich aus einem Meer violetter Malven, dazwischen stehen rote Rosen, blassblau blühende Hibiskusbüsche, ein riesiger Rosmarinstrauch mit seinen silbriggrünen Nadelblättern und Tomatenpflanzen, die mit roter Wolle an rostigen Spiralen festgebunden sind.

Sieht sehr hübsch aus, findet Karlotta.

Calvin will ihre Hand nehmen, doch Karlotta hält mit beiden Händen das Geschenk fest.

Als sie ums Haus herumgelaufen sind, stehen sie vor einer niedrigen Treppe, die auf eine breite Holzveranda hinaufführt. Hier ist unter zwei gelben Sonnenschirmen ein Salatbuffet aufgebaut. Ein Junge, den Karlotta nicht kennt, steht weiter unten auf dem Rasen neben einem Schwenkgrill und schüttet Holzkohle auf.

Wahrscheinlich ist das Emil, Viktorias großer Bruder, vermutet Karlotta, denn Caroline steht ganz zutraulich neben ihm und beobachtet fasziniert, wie er die Grillanzünder anbrennt. Er winkt ihnen freundlich zu. Caroline winkt auch und schreit: »Hallo, Karlotta!«

»Wer ist das?«, fragt Calvin.

»Das ist Caroline, Viktorias kleine Schwester«, sagt Karlotta.

»Und woher kennst du Viktorias kleine Schwester?«, fragt Calvin überrascht.

»Aus dem Schwimmbad«, antwortet Karlotta ausweichend. Seltsamerweise hat sie Calvin bisher nie von dem Tag im Schwimmbad erzählt, an dem sie Caroline aus dem Wasser gezogen und Viktoria kennen gelernt hat.

Viktoria ist nirgends zu sehen. Karlotta und Calvin bleiben unschlüssig stehen.

Quer über die Veranda sind bunte Lichterketten gespannt, an denen weitere Luftballons hängen. Und im Garten hängen Lampions an den unteren Zweigen der Bäume.

»Da muss aber jemand ziemlich viel Puste gehabt haben«, meint Calvin mit einem Blick auf die vielen Luftballons. »Das ist nichts für Raucher!«

Auf den Bierbänken sitzen schon einige Gäste, Anne und Robin winken ihnen zu. Die anderen kennt Karlotta nicht. Wenigstens sind sie nicht die Letzten – und nicht die Ersten, das ist nämlich genauso doof.

Viktoria kommt mit einer großen Glasschüssel im Arm aus dem Haus. »Hey, Karlotta! Calvin! Schön, dass ihr auch schon da seid!«

Sie stellt die Bowleschüssel auf das Buffet und läuft auf ihre beiden neuen Gäste zu.

»Herzlichen Glückwunsch zum Geburtstag«, sagt Karlotta und überreicht ihr das Geschenk.

»Von mir auch«, sagt Calvin und schüttelt ihr die Hand.

»Wow, ist das super eingepackt!«, sagt Viktoria. Das hält sie allerdings nicht davon ab, die Verpackung umgehend aufzureißen.

»Ein Stempel! Super! Echt eine tolle Idee! Vielen Dank!«

Viktoria scheint sich wirklich darüber zu freuen, stellt Karlotta zufrieden fest.

»Kommt mit, ich stelle euch den anderen vor«, sagt Viktoria.

Karlotta findet Viktorias Freunde auf Anhieb sehr nett. Sie setzt sich neben Reni, die mit Viktoria zusammen ins Ballett geht, und ist froh, als Calvin weitergeht, um Jojo und Burki zu begrüßen.

»Wie lange tanzt du schon?«, fragt Karlotta.

»Seitdem ich zur Schule gehe. Viktoria hat sogar noch zwei Jahre früher angefangen. Sie ist echt gut!«, sagt Reni. »Sie ist die Beste von uns allen. Sie hat wirklich das Zeug zu einer Profitänzerin, aber irgendwie hat sie die Lust verloren, seitdem …« Sie bricht ab und sieht zu Viktoria hinüber, die zwischen Calvin und Anne sitzt und offenbar gerade einen Witz erzählt.

»Seitdem was?«, fragt Karlotta neugierig nach.

»Seitdem ihr Vater gestorben ist«, antwortet Reni.

»Ihr Vater ist tot?«, fragt Karlotta bestürzt. »Das wusste ich ja gar nicht!«

»Echt nicht?«, sagt Reni. »Ich habe gedacht, mit dir würde sie wenigstens mal darüber sprechen. Sie erzählt immer so viel von dir.«

»Wirklich?«, fragt Karlotta überrascht.

Reni nickt. »Aber wenn ich es mir recht überlege, wundert es mich eigentlich doch nicht. Seitdem er gestorben ist, redet Viktoria gar nicht mehr über ihren Vater. Und wenn man sie nach ihm fragt oder danach, wie es ihr geht, weicht sie aus.«

Karlotta nickt. Wenn sie sich zurückerinnert, hat Viktoria wirklich immer möglichst schnell das Thema gewechselt, wenn sie mal auf ihren Vater gekommen sind.

»Dass ihr Vater so plötzlich gestorben ist, hat sie sehr mitgenommen«, erzählt Reni leise. »Sie war wochenlang richtig krank vor Kummer. Deshalb hat sie wahrscheinlich auch die Versetzung nicht geschafft.«

Das ist also der Grund! Karlotta hat sich schon gewundert, wieso Viktoria hängen geblieben ist, wo sie doch so gut in der Schule ist. Karlotta fühlt einen kleinen Stich. Viktoria hat also richtig schlimmen Kummer. Aber warum hat sie nie etwas davon erzählt?

Reni legt ihr eine Hand aufs Knie. »Trag ihr das nicht nach«, sagt sie, als ob sie Gedanken lesen könnte. »Ich glaube, Viktoria ist einfach noch nicht so weit. Sie kann wahrscheinlich noch nicht darüber reden …«

»Reni!«, ruft Emil vom Grill herüber. »Die erste Wurst ist fertig! Hattest du nicht einen Riesenhunger?«

Reni lächelt. »Stimmt, ich komme um vor Hunger!«

Sie steht auf und holt sich einen Teller. »Soll ich dir eine mitbringen?«

»Ach, ich geh gleich selbst mal gucken, danke«, sagt Karlotta.

Es ist trotzdem eigenartig, dass Viktoria nie auch nur erwähnt hat, dass ihr Vater tot ist!, denkt sie. Ich hab ihr doch auch alles Mögliche von mir und Calvin erzählt.

Irgendwie ist Karlotta ein bisschen gekränkt über Viktorias mangelndes Vertrauen. Sie steht auf und schlendert am Buffet entlang. Sieht lecker aus!

Anouar löst Emil am Grill ab, und Emil setzt sich mit seiner Wurst und einem Riesenberg Nudelsalat neben Reni.

Ob das seine Freundin ist? Die beiden würden gut zusammenpassen, findet Karlotta.

Emil hat wirklich ein unwiderstehliches Lächeln. Karlottas Blick wandert immer wieder zu ihm hin. Sie beobachtet Reni und Emil eine ganze Weile und merkt erst gar nicht, wie sie die beiden anstarrt.

Irgendwann schaut Emil zu ihr rüber und lächelt. Karlotta wird rot und wendet schnell ihren Blick ab.

Noch ein Kuss

Als es dunkel wird, dreht Emil die Musik lauter und ruft: »Die Tanzfläche ist freigegeben! Wer wagt den Eröffnungstanz?«

Viktoria und Anouar stehen auf und fangen an zu tanzen, Emil und Reni gesellen sich zu ihnen. Karlotta macht es richtig Spaß zuzuschauen. Die vier bewegen sich einfach toll!

Plötzlich setzt sich Calvin hinter Karlotta und zieht sie an sich. Karlotta wird stocksteif.

»Wollen wir auch tanzen?«, fragt sie, obwohl sie ganz genau weiß, dass Calvin gar nicht gerne tanzt.

»Ach, später vielleicht«, murmelt er.

Viktorias Mutter kommt in den Garten, um Caroline reinzuholen und sie ins Bett zu bringen.

Frau Becker ist groß und schlank, wie Viktoria. Aber ansonsten sieht Viktoria ihrer Mutter gar nicht ähnlich. Emil und Caroline schon. Sie haben beide die gleichen Augen wie ihre Mutter, ihre gerade Nase und auch den gleichen Schwung der Lippen. Viktoria wird dann wohl ihrem Vater ähnlich sehen, vermutet Karlotta.

Caroline hat noch gar keine Lust, schlafen zu gehen. Doch Frau Becker lässt nicht mit sich reden.

»Na gut«, sagt Caroline, als sie einsehen muss, dass ihre Mutter in dem Punkt nicht mit sich verhandeln lässt. »Dann muss aber Karlotta noch zum Gutenachtsagen zu mir nach oben kommen.«

Wenig später lehnt sie sich oben im ersten Stock in ihrem Nachthemd aus dem Fenster und ruft so laut, dass sie sogar die Musik übertönt: »Karlotta! Du kannst kommen!«

»Tut mir Leid, mein Typ wird verlangt!«, sagt Karlotta zu Calvin, steht auf und geht ins Haus. Sie ist erleichtert, dass sie endlich einen Grund hat aufzustehen.

»Komm bald wieder!«, ruft Calvin ihr hinterher.

»Klar«, sagt Karlotta ohne große Begeisterung.

Oben an der Treppe erwartet Caroline sie schon. Sie nimmt Karlotta an der Hand und führt sie in ihr Zimmer. »Liest du mir heute meine Gutenachtgeschichte vor?«, fragt sie.

Aber da schaltet sich sofort Frau Becker ein. »Nein, Caroline. Ein andermal vielleicht. Karlotta ist heute hier, um mit Tori Geburtstag zu feiern. Ich lese dir eine Geschichte vor, okay?«

»Na gut«, sagt Caroline. »Dann muss Karlotta aber bald wieder kommen!«

Karlotta lächelt. »Klar, das mach ich! Träum schön, Caroline!« Sie strubbelt dem kleinen Mädchen noch mal durch die Haare und macht dann die Tür hinter sich zu. Sie mag Caroline. Wenn alle kleinen Schwestern so süß sind wie sie, ist es vielleicht doch nicht das größte Unglück aller Zeiten, dass ihre Mutter schwanger ist.

Unten im Flur ist fast die gesamte Wand mit einem Bücherregal zugebaut. Karlotta liest im Vorbeigehen ein paar Buchrücken: alles Namen, die sie noch nie gehört hat.

Zwischen und vor den Büchern stehen Nilpferde in allen

Größen, Formen und Farben, aus Keramik, aus dunklem Holz, aus hellem Stein, mit Perlen bestickte und bemalte. Sie sehen exotisch aus. Vielleicht sind es ja Souvenirs aus Afrika? Ob Viktoria auch schon mal dort war und echte wilde Nilpferde gesehen hat?

Kann ich sie ja gleich mal fragen, denkt Karlotta und will sich schon wieder abwenden, als ihr Blick an einer gerahmten Fotografie hängen bleibt, die im Regal steht.

Karlotta bleibt wie vom Donner gerührt stehen und starrt das Bild an. Auf dem Foto ist ein junger Mann mit langen Koteletten und einer Frisur wie die der Typen von der Boygroup, auf die ihre Mutter als Jugendliche so abfuhr. Es ist das gleiche Bild wie in dem Medaillon, das Karlotta vor einigen Wochen auf dem Friedhof gefunden hat!

Jetzt fällt Karlotta auf, dass der Mann auf dem Foto genauso lächelt wie Viktoria, er hat auch die gleichen Augen – dass sie das nicht früher bemerkt hat!

»Das ist mein Vater!«

Karlotta dreht sich erschrocken um. Hinter ihr steht Emil. Das Lächeln ist aus seinem Gesicht verschwunden. Er sieht traurig aus.

»Er ist vor einem Dreivierteljahr gestorben. Eine Virusinfektion, die er vermutlich aus Afrika mitgebracht hat. Er hatte dort an einem Brunnenbauprojekt gearbeitet. Ehe sie erkannt haben, was ihm fehlt, war es schon zu spät.«

Karlotta weiß nicht, was sie sagen soll. Was sagt man zu jemandem, dessen Vater gestorben ist?

Nichts kann den Vater zurückbringen, und Worte können die Trauer nicht lindern.

Weder Karlotta noch Emil sagen etwas.

Sie schauen sich nur an.

»Ich habe dieses Foto schon einmal gesehen«, sagt Karlotta schließlich, weil sie Emils Blick und die Spannung zwischen ihnen keine Sekunde länger aushält.

»Aber du warst doch noch nie hier, oder?«, fragt Emil.

»Nein«, bestätigt Karlotta. »Ich habe dieses Bild in einem Medaillon gesehen, das ich in den Ferien gefunden habe ...«

»Viktorias Medaillon!«, ruft Emil. »Sie hat tagelang geheult, weil sie es nicht wieder finden konnte ...« Er schüttelt ungläubig den Kopf. »Und *du* hast es gefunden? Wo?«

Karlotta erzählt Emil die ganze Geschichte. Von der Begegnung mit dem vermeintlichen Geist, von dem weinenden Mädchen mit der Sonnenbrille und den langen blonden Haaren, von dem Medaillon, das sie unter dem abgefallenen Laub zwischen den Gräbern gefunden hat ...

»Natürlich, das war Viktoria. Vor unserem Urlaub hatte sie noch ganz lange Haare. Ich weiß gar nicht, wieso sie sich die hat abschneiden lassen.« Er schaut gedankenverloren auf das Foto. »Viktoria geht oft auf den Friedhof.«

»Eigentlich wollte ich den Anhänger gleich am nächsten Tag bei der Friedhofsverwaltung abgeben«, sagt Karlotta. »Aber dann ist so viel passiert ... Ich habe es einfach komplett vergessen!«

»Macht ja nichts, Viktoria wird sich freuen wie eine Schneekönigin!« Emil muss auf einmal lachen. »An dem Abend, ehe wir in Urlaub gefahren sind, ist Viktoria wie von wilden Hunden gehetzt nach Hause gekommen. Und danach ist sie nie wieder nach Einbruch der Dunkelheit auf den Friedhof gegangen. Sie hat wahrscheinlich in dir auch einen Geist gesehen!«

Er blickt Karlotta tief in die Augen. »Obwohl ich gar nicht verstehe, wie jemand auf so eine Idee kommen kann …«

Er macht einen Schritt auf Karlotta zu. Karlotta rührt sich nicht, aber ihr Herz beginnt wie wild zu klopfen. Es ist alles so unwirklich, so romantisch, fast wie im Film …

Karlotta hat das Gefühl, als stünde sie neben sich und würde sich selbst beobachten. Als wäre sie gar nicht wirklich da, als würde alles, was hier passiert, einer anderen widerfahren und sie selbst sähe nur zu.

Emil neigt den Kopf ein wenig zur Seite und küsst Karlotta auf den Mund.

Karlottas Herz macht einen Sprung. Ohne nachzudenken schließt sie die Augen, schlingt ihre Arme um Emils Hals und vergisst alles um sich herum.

»Karlotta!«

Emil und Karlotta fahren auseinander.

Karlotta dreht sich um, aber sie hat schon an der Stimme erkannt, wer hinter ihr steht.

»Calvin, ich …« Sie macht einen Schritt auf ihn zu, aber Calvin weicht zurück.

Emil fährt sich verlegen mit der Hand durch die Haare. »Hör mal«, sagt er, »ich glaube, das war meine Schuld. Ich habe Karlotta überrumpelt und …«

»Das sah gerade nicht so aus«, unterbricht Calvin ihn. Er macht auf dem Absatz kehrt und läuft nach draußen.

»Warte! Calvin … warte doch!« Karlotta rennt ihrem Freund hinterher. Doch bis sie auf der Terrasse ist, springt

Calvin gerade schon die Stufen hinab in den Garten. Und sofort hat die Dunkelheit ihn verschluckt.

Karlotta rennt quer über die Tanzfläche, drängt sich zwischen tanzenden Paaren hindurch und läuft dann durch den dunklen Garten. Am Gartentor sieht sie Calvin mit seinem Fahrrad nur noch am anderen Ende der Straße um die Ecke biegen. Er hat sein Rennrad genommen, obwohl er mit dem doch längst nicht so gut fahren kann. Das findet Karlotta fast am schlimmsten. Jetzt will er nicht einmal mehr mit ihrem Fahrrad fahren! Das hat so etwas Endgültiges.

»So ein verdammter Mist!«, flüstert sie und zuckt zusammen, als ihr jemand die Hand auf die Schulter legt.

Es ist Emil. »Tut mir Leid«, sagt er. »Calvin ist wohl dein Freund, oder?«

»Jetzt wahrscheinlich nicht mehr«, seufzt Karlotta.

Emil schaut die Straße entlang. »Ist er weg?«

Karlotta nickt.

Emil legt den Arm um ihre Schulter: »Komm, lass uns zu den anderen zurückgehen.«

Karlotta schüttelt den Kopf. »Mir ist nicht mehr nach Feiern. Ich fahr auch nach Hause.« Sie streift seinen Arm von den Schultern. »Sagst du Viktoria noch Grüße und …«

Karlotta kann nicht weitersprechen. Tränen kullern ihr über die Wangen, ihre Kehle ist wie zugeschnürt.

»Komm, ich bring dich nach Hause«, sagt Emil.

Er holt sein Rad. Das erste Stück schieben sie die Räder nebeneinanderher, und Emil hat wieder seinen Arm um Karlotta gelegt. »Das ist alles meine Schuld«, sagt Emil zerknirscht. »Tut mir wirklich Leid, Karlotta.«

»Ich hätte ja auch nein sagen können«, entgegnet Karlotta traurig. »Du hast mich ja nicht gezwungen. Ich weiß auch nicht … Ich habe gar nicht nachgedacht … es war so …« Sie zuckt hilflos mit den Schultern.

»… es war so wunderschön«, beendet Emil ihren Satz. »Ich habe dich schon den ganzen Abend über beobachtet – und du sahst so süß aus, wie du vorhin vor mir standest und mich mit großen Augen angeschaut hast …«

Karlotta lächelt verlegen. Sie gehen wieder eine Weile schweigend nebeneinanderher.

»Dabei ist das der denkbar blödeste Augenblick, um mich zu verlieben«, murmelt Emil fast mehr zu sich selbst. Er bleibt stehen und schaut Karlotta in die Augen. »Ich fliege morgen als Austauschschüler für ein halbes Jahr nach Kanada.«

»Oh«, sagt Karlotta nur. Sie hört zwar, was Emil sagt, aber es berührt sie nicht weiter. Sie ist schon so traurig, dass sie gar nicht trauriger werden kann. Außerdem – wenn Emil ein halbes Jahr in Kanada verbringt, hinterlässt das nicht wirklich ein Loch in ihrem Leben. Wenn Calvin hingegen nicht mehr mit ihr spricht – das schon.

Emil hat sie doch gerade erst kennen gelernt. Und es ging alles so schnell. Karlotta kann nicht einmal sagen, ob sie nun in Emil verliebt ist oder ob der Kuss nur aus dem Zauber des Augenblicks heraus passiert ist.

Wie hatte das mit diesem Kuss *überhaupt* passieren können? Sie seufzt.

»Wirst du mir mal schreiben?«, fragt Emil.

Karlotta nickt – aber sie muss immerzu an Calvins Blick

denken. Er hat sie so entsetzt angeschaut, er hat so fassungslos und verletzt ausgesehen. Und das ist ganz allein ihre Schuld!

Karlotta streift Emils Arm von der Schulter und steigt auf ihr Rad. »Du musst mich wirklich nicht weiter begleiten«, sagt sie. »Es ist ja jetzt nicht mehr weit.«

»Dann macht es erst recht nichts, wenn ich auch das letzte Stück noch mitkomme«, beharrt Emil.

Auf der Bergheimer Straße ist immer noch ziemlich lebhafter Verkehr, und sie müssen hintereinander fahren.

Als sie in ihre Straße einbiegen, sieht Karlotta, dass in Calvins Zimmer noch Licht brennt. Einen Augenblick lang glaubt sie sogar, seine dunkle Silhouette am Fenster zu erkennen. Sofort steigen ihr wieder die Tränen in die Augen.

Vor dem Abgang zum Fahrradkeller bleibt Karlotta stehen. »Danke fürs Nach-Hause-Bringen«, sagt sie.

»Dann sehen wir uns wahrscheinlich gar nicht mehr, ehe ich wegfliege«, sagt Emil bedauernd.

Karlotta schüttelt den Kopf. »Wahrscheinlich nicht.«

Emil nickt. »Ich werde dir schreiben«, verspricht er.

»Ja«, sagt Karlotta.

Emil beugt sich zu ihr herunter und will ihr einen Abschiedskuss geben, aber Karlotta dreht den Kopf weg.

»Gute Nacht, Emil«, sagt sie.

»Gute Nacht, Karlotta.«

Streit Nummer 2

Karlotta schläft wenig in dieser Nacht. Und sie träumt schlecht. Erst als der neue Tag heraufdämmert und die Vögel schon mit ihrem Morgenkonzert beginnen, fällt sie endlich in einen traumlosen Schlaf.

Karlotta hat das Gefühl, als sei sie gerade erst eingeschlafen, da rüttelt sie schon wieder jemand an der Schulter:

»Karlotta, aufwachen! Du hast Besuch!«

»Mmmm«, macht Karlotta und weigert sich, die Augen zu öffnen.

»Karlotta!«

Ihre Mutter kann so entsetzlich hartnäckig sein.

»Es ist schon fast elf Uhr!«

Der Rolladen wird hochgezogen. Karlotta blinzelt vorsichtig. Die helle Vormittagssonne scheint gleißend ins Zimmer.

Karlotta will sich die Decke über den Kopf ziehen, aber da hat ihre Mutter das Betttuch schon gepackt und weggezogen.

»Versuch du dein Glück. Vielleicht gelingt es dir ja, dieses Murmeltier zu wecken!«, sagt ihre Mutter zu jemandem und macht die Tür hinter sich zu.

Widerwillig macht Karlotta die Augen auf und sieht – Viktoria.

Viktoria sitzt frisch und munter auf Karlottas Schreibtischstuhl und dreht sich hin und her.

»Guten Morgen«, sagt sie. »Wir haben gerade Emil zum Flughafen gebracht, und da hab ich mir gedacht, ich schau mal nach dir. Du warst gestern so schnell weg …«

»So früh?!«, stöhnt Karlotta.

Ohne ihre Zudecke ist es im Bett nicht mehr richtig kuschelig. Karlotta dreht sich auf den Bauch, stützt sich auf die Unterarme und gähnt herzhaft.

Viktoria lacht. »Andere Leute sind um diese Zeit schon fast wieder mit dem Mittagessen fertig! Du hast ja auf meiner Party ein ganz schönes Chaos angerichtet. Was war eigentlich genau los? Emil wollte gestern nicht viel erzählen, und heute Morgen war eine Megahektik, ehe wir zum Flughafen gefahren sind …«

Karlotta setzt sich auf, winkelt die Beine an und lehnt sich mit dem Rücken an die Wand.

»Oh nein, bitte, erinnere mich nicht an gestern Abend!«, stöhnt sie. »Obwohl – ich kann eigentlich sowieso an nichts anderes denken.«

»Meinem Bruder hast du ja ordentlich den Kopf verdreht«, sagt Viktoria. »Er hat mich gleich gestern Abend noch nach deiner Adresse gefragt und mir bittere Vorwürfe gemacht, dass ich dich nicht schon früher mal zu uns eingeladen habe.«

»Ich finde Emil auch sehr nett.«

»Mehr nicht?«, fragt Viktoria.

»Weiß ich nicht.« Karlotta zuckt mit den Schultern und reibt sich die Augen. »Im Moment weiß ich eigentlich gar nichts – außer, dass ich mich unglaublich mies fühle.«

»Was ist denn passiert?«, fragt Viktoria. »Erst rauscht Calvin wie von der Tarantel gestochen an uns vorbei, dann rast du hinterher und schließlich auch noch Emil …«

»Emil hat mich geküsst, und Calvin hat es gesehen. Das war eigentlich auch schon alles.«

»Puh, das ist ja wirklich mehr als genug!«, findet Viktoria. Sie schüttelt ungläubig den Kopf. »Das ist echt Emil. Denkt manchmal einfach nicht nach. Ich hatte ihm doch gesagt, dass du mit Calvin gehst. Aber kaum sieht er ein schönes Mädchen, vergisst er alle Vernunft!« Sie schüttelt den Kopf. »So ein Idiot! Und jetzt?«

»Keine Ahnung. Calvin ist einfach davongeradelt … Oh nein, morgen ist Montag, und in der Schule sehen wir uns ja unweigerlich wieder! Was soll ich nur zu ihm sagen?«

»Hast du danach gar nicht mehr mit ihm gesprochen?«, fragt Viktoria.

Karlotta schüttelt den Kopf. »Wann denn? Hätte ich etwa mitten in der Nacht noch bei Krauses klingeln sollen? Calvin hätte mich sowieso nicht hereingelassen.«

»Du warst also zu feige gestern«, folgert Viktoria gnadenlos. »Dann musst du eben heute mit ihm sprechen.«

»Du hast gut reden«, erwidert Karlotta. »Was soll ich ihm denn sagen?«

Viktoria überlegt. »Hm. Wenn du willst, können wir ja zusammen nachdenken …«

»Oh ja, das wäre super!« Karlotta robbt aus dem Bett. »Ich glaube, ich geh vorher nur mal kurz duschen, damit ich richtig aufwache. Wartest du so lange?«

»Klar«, sagt Viktoria.

»Du kannst ja etwas lesen, wenn du willst.« Karlotta deutet mit einer einladenden Geste auf ihr Bücherregal. »Oder ...«

»Ich finde schon was«, sagt Viktoria.

»Na gut«, sagt Karlotta. »Ich beeile mich.«

Sie schnappt sich ihre Shorts und ein T-Shirt und tapst ins Bad.

Als Karlotta ein paar Minuten später zurück in ihr Zimmer kommt, steht Viktoria vor dem Bücherregal und starrt sie fassungslos an. Sie ist kalkweiß. Und sie weint.

»Was hast du denn?«, fragt Karlotta bestürzt.

Da fällt ihr Blick auf Viktorias zur Faust geballte Hand, von der eine goldene Kette baumelt.

Das Medaillon! Viktoria hat das Medaillon gefunden!

Karlotta beißt sich auf die Lippen und hat sofort ein schlechtes Gewissen. Klar – sie hat den Anhänger ja damals oben auf ihr Bücherregal gelegt! Und dann hat sie ihn völlig vergessen, bis gestern Abend. Wahrscheinlich hat Viktoria ihn beim Durchschauen ihrer Bücher ... Mann, hoffentlich denkt sie jetzt nicht ...

»Ach, du hast ihn schon gefunden«, sagt Karlotta hastig und merkt, dass sie rot wird. »Ich wollte sowieso – Emil hat mir nämlich gestern erzählt ...«

»Wo hast du den her?«, unterbricht Viktoria sie scharf.

»Gefunden«, sagt Karlotta wahrheitsgemäß. »Unter ein paar Blättern auf ...«

»Tatsächlich? Bei mir zu Hause, wie?« Viktoria lässt Karlotta gar nicht erst ausreden. »Hast du etwa noch mehr Dinge bei uns *gefunden* und mitgenommen?«

»Hey, was willst du denn damit sagen?«, fragt Karlotta.

»Dass ich jetzt weiß, wieso du so schnell abgehauen bist gestern. Du wolltest deine Beute in Sicherheit bringen!«

Jetzt wird Karlotta wütend. »Ich glaube, du bist nicht ganz bei Trost, Viktoria! Verstehe ich dich richtig? Willst du damit behaupten, dass ich klaue?«

»Schnellmerkerin!« Viktoria geht an Karlotta vorbei zur Tür. »Calvin weiß wahrscheinlich genau, wieso er nichts mehr mit dir zu tun haben will. Dieser Kuss war wahrscheinlich nur das i-Tüpfelchen …«

Karlotta starrt sie entsetzt an. Wie kann Viktoria nur so etwas Ungeheuerliches von ihr denken? Wie kann sie nur so gemeine Sachen sagen?

Viktoria öffnet die Zimmertür. »Damit du es nur weißt: Ich will auch nichts mehr mit dir zu tun haben – niemand wird das mehr wollen!« Mit diesen Worten dreht sie sich um und rennt aus der Wohnung.

»Viktoria!«, ruft Karlotta und läuft ihr hinterher.

Aber Viktoria bleibt nicht stehen, die Wohnungstür fällt krachend hinter ihr ins Schloss.

Karlotta bleibt wie versteinert zurück: erst Calvin und jetzt auch noch Viktoria! Das ist eindeutig zu viel für ein Wochenende!

Calvin gegenüber hat Karlotta ein gnadenlos schlechtes Gewissen. Aber auf Viktoria ist sie eigentlich nur wütend. Wie kommt diese Zicke eigentlich dazu, sie auf diese Weise zu verdächtigen? Als ob sie diesen blöden Anhänger klauen würde! So ein hässliches Teil! Das ist doch wirklich ungeheuerlich!

Soll Viktoria doch einfach ihren Bruder fragen!

Aber das geht ja im Augenblick nicht, der schwebt ja zurzeit über den Wolken.

»Nanu, ist deine neue Freundin schon wieder weg?«, fragt Karlottas Mutter.

»Sie hatte nicht viel Zeit …«, antwortet Karlotta ausweichend.

»Habt ihr euch etwa gestritten?«

Diesen sechsten Sinn ihrer Mutter, die immer sofort spürt, wenn etwas nicht in Ordnung ist, hat Karlotta schon oft verflucht. Lügen hat in diesem Fall gar keinen Sinn.

»Ein bisschen«, gibt sie deshalb zu.

Doch zu ihrer Überraschung bohrt ihre Mutter gar nicht weiter. »Das kommt schon wieder in Ordnung«, sagt sie nur.

»Hm«, macht Karlotta traurig.

»Komm, wir gehen ein Eis essen«, schlägt ihre Mutter vor.

Aber Karlotta hat keine Lust. Sie muss nachdenken – und Selma anrufen.

»Ich kann nicht, ich muss noch einen Aufsatz für morgen schreiben«, behauptet sie. »Am besten, ich fange gleich damit an.«

Sie nimmt sich einen Apfel aus dem Obstkorb und geht zurück in ihr Zimmer. Das schnurlose Telefon steckt sie unauffällig in die Hosentasche.

Aber Selma ist nicht zu Hause.

Karlotta sitzt eine Weile unschlüssig vor dem Telefon. Ob sie zu Calvin hinübergehen soll?

Ich rufe besser vorher erst mal dort an, beschließt sie. Karlotta nimmt ihren ganzen Mut zusammen und wählt.

»Anabel Krause.«

Karlotta ist erleichtert. »Hey, Anabel. Hier ist Karlotta. Kann ich bitte mal Calvin sprechen?«

»Karlotta, hey! Leider nicht. Er ist zwar da, aber er hat ausdrücklich gesagt, wenn du anrufst, sollen wir sagen, er wäre weg. Was ist denn los? Habt ihr euch gestritten?«

»Ein bisschen«, gibt Karlotta zum zweiten Mal zu.

Calvin lässt sich also am Telefon verleugnen. Karlotta rutscht das Herz in die Hose. So etwas hat Calvin noch nie getan, wenn sie sich sonst mal gestritten haben.

»Hat er noch irgendwas gesagt?«, fragt Karlotta verzagt.

»Nein. Aber komm doch trotzdem einfach mal rüber«, schlägt Anabel vor. »Calvin hockt hier nämlich ganz unglücklich in seinem Zimmer und hört melancholische Musik. Ich bin mir sicher, wenn du erst mal da bist, kriegt er sich schon wieder ein.«

»Hm«, sagt Karlotta. »Ich weiß nicht … Eigentlich sehe ich Calvin ja sowieso morgen in der Schule.«

»Wie du meinst«, sagt Anabel.

Karlotta legt auf. Sie fühlt sich völlig mutlos und ganz unendlich alleine. Wieso haben sich nur plötzlich alle gegen sie verschworen?

Selbst Emil ist weg – der Einzige, der im Augenblick noch etwas von ihr wissen will.

Karlotta nimmt ihre Polaroidkamera und macht ein Foto von sich. Dann schreibt sie das Datum darunter und: *Ohne Freund und ohne Freundin.*

Es ist bei weitem das traurigste Foto in ihrer Sammlung.

Völlig verlassen

Am Montagmorgen wacht Karlotta mit Bauchschmerzen auf.

»Ich glaube, ich kann heute nicht in die Schule gehen«, sagt sie beim Frühstück.

Ihr Vater fühlt ihr die Stirn. »Kein Fieber«, sagt er. »Dann musst du wohl schwänzen. Eine Entschuldigung gibt's nämlich von mir keine.«

»Hast du alle deine Hausaufgaben?«, fragt ihre Mutter.

Karlotta nickt.

»Schreibt ihr eine Arbeit?«, fragt ihr Vater.

»Nein. Ich habe wirklich einfach nur Bauchweh«, erwidert Karlotta grantig.

»Wenn es nicht besser wird, kommst du eben früher wieder nach Hause«, sagt ihre Mutter und streicht ihr über die Haare. Karlotta dreht den Kopf weg.

»Außerdem, wenn du jetzt in die Schule gehst, kannst du dich sicherlich heute auch gleich wieder mit Viktoria versöhnen«, sagt Frau Erichsen aufmunternd.

»Hm«, macht Karlotta. Dass sie gerade wegen diesen anstehenden Begegnungen mit Calvin und Viktoria Bauchschmerzen hat, kann sie ja jetzt schlecht erklären.

Als sie ihr Rad aus dem Fahrradkeller schiebt, hofft und fürchtet sie gleichzeitig, dass sie Calvin unterwegs begegnet.

Doch Calvin muss schon ziemlich früh losgefahren sein. Sein Fahrrad steht bereits im Fahrradständer, als Karlotta in der Schule ankommt. Es klingelt bereits zum zweiten Mal. Karlotta schafft es gerade noch, kurz vor Frau Kupsch-Rühr ins Klassenzimmer zu schlüpfen.

Celina ist einen Platz aufgerückt, sodass Karlotta nun nicht mehr zwischen Celina und Viktoria sitzt, sondern nur noch neben Celina.

Das ist Karlotta nur recht. »Morgen«, sagt sie.

Dass Viktoria ihren Gruß nicht erwidert, wundert Karlotta nicht, aber wieso schaut Celina kaum von ihrem Heft auf?

Karlotta setzt sich und packt ihr Übungsheft aus, Hausaufgabenkontrolle. Unauffällig sieht sie in Calvins Richtung. Er flüstert gerade Linus etwas zu, beide lachen. Karlotta schaut rasch wieder weg und versucht sich auf den Unterricht zu konzentrieren. Prompt kommt sie dran.

»Karlotta, der nächste Satz«, fordert Frau Kupsch-Rühr sie auf.

»Did you notice her curiosity for *the letter I received today?«*, liest Karlotta vor.

»For?«, fragt die Lehrerin mit gerunzelter Stirn nach.

Celina und einige andere melden sich.

»About«, korrigiert Celina.

Frau Kupsch-Rühr nickt zufrieden.

Karlotta wundert sich. Normalerweise hätte Celina ihr die richtige Lösung doch vorgesagt, aber heute schaut sie nicht einmal zu ihr herüber. Zum Glück hat Karlotta die Präpositionen nur mit Bleistift in den Lückentext des

Übungsheftes geschrieben. Wo zum Kuckuck ist nur ihr Radiergummi? Zu Hause auf dem Schreibtisch wahrscheinlich. »Kann ich mal deinen Radiergummi haben, Celina?«, flüstert Karlotta.

Celina kramt in ihrem Mäppchen und schiebt dann ihren Radiergummi ein Stück in Karlottas Richtung. »Aber wiedergeben!«, murmelt sie dabei.

Karlotta zuckt zusammen. Sie starrt Celina an, aber die weicht ihrem Blick aus. Und Karlotta muss gar nicht erst nachfragen, weshalb. Offenbar hat Viktoria heute Morgen schon ganze Arbeit geleistet und überall herumerzählt, Karlotta hätte ihr Medaillon geklaut. Sie hat ja gestern schon angekündigt, dass sie dafür sorgen wird, dass keiner mehr etwas mit Karlotta zu tun haben will.

Karlotta schaut sich unauffällig in der Klasse um. Niemand begegnet ihrem Blick. Warum folgen heute auf einmal alle so aufmerksam dem Unterricht?

Oder – und bei diesem Gedanken wird Karlotta gleichzeitig heiß und kalt – glauben sie alle, was Viktoria behauptet hat, nämlich, dass sie eine Diebin ist?

Und Calvin? Glaubt er das etwa auch?

Sie starrt zu Calvin hinüber. Irgendwann scheint er ihren Blick zu spüren, denn er schaut her. Doch kaum sind ihre Augen einander begegnet, da schaut er so schnell wieder weg, als hätte er einen elektrischen Schlag bekommen.

Also Calvin auch.

Karlotta schluckt. Ihre Unterlippe beginnt zu zittern. Jetzt bloß nicht losheulen! Sie beißt sich so fest auf die Lippe, dass sie auf einmal den metallenen Geschmack von Blut im Mund spürt. Der Schmerz hilft. Sie hat sich erst einmal wieder unter Kontrolle.

Niemand schaut sie an. Karlotta weiß, warum. Sie wollen ihr alle zu verstehen geben, dass sie mit einer Diebin nichts zu tun haben wollen! Karlotta hält den Kopf gesenkt und wagt es nicht mehr aufzuschauen.

Diese erste Schulstunde zieht sich lang und zäh wie Kaugummi. Immer wieder holt Karlotta ihre goldene Taschenuhr hervor, und dann sind wieder erst langsame vier Minuten vorübergetickt.

Endlich klingelt es. Karlotta stopft hastig ihre Sachen in die Tasche und stürzt nach vorne zum Lehrerpult.

»Mir ist nicht gut, Frau Kupsch-Rühr«, sagt sie mit zittriger Stimme. »Ich möchte gerne nach Hause gehen.«

Frau Kupsch-Rühr mustert sie prüfend. Das Mädchen sieht wirklich nicht gut aus, sie ist kreidebleich im Gesicht. »Ja, geh nur. Ich trag es ins Klassenbuch ein. Soll Calvin dich nach Hause begleiten?«

»Nein!«, wehrt Karlotta so entsetzt ab, dass die Lehrerin überrascht aufschaut. »Ich meine, es geht schon«, fügt Karlotta rasch hinzu. »Auf Wiedersehen.«

»Gute Besserung, Karlotta!«, wünscht Frau Kupsch-Rühr.

»Danke!« Karlotta dreht sich um und flieht aus dem Klassenzimmer, ohne ein weiteres Wort zu irgendjemandem. Sie will nur noch weg. Nach Hause. Allein sein.

Schon auf der Treppe kann sie die Tränen nicht mehr zurückhalten.

Zum ersten Mal seit langem ist Karlotta richtig froh, dass niemand zu Hause ist und ihre Eltern beide arbeiten.

Sie lässt ihre Schultasche fallen, wirft sich aufs Bett und heult wie ein Schlosshund. Irgendwann schläft sie erschöpft ein.

Gegen Mittag wacht sie mit knurrendem Magen auf. Unglücklich sein macht offenbar nicht nur müde, sondern auch hungrig.

Karlotta stöbert in der Küche. Im Tiefkühlfach findet sie noch eine Packung frische Ravioli. Pesto und Parmesan hat Mama zum Glück immer im Kühlschrank. Das ist genau das Richtige für jetzt.

Sie setzt einen großen Topf Salzwasser auf den Herd, reibt sich etwas Käse, und eine Viertelstunde später kann sie schon essen.

Draußen scheint die Sonne. Es ist wieder so ein heller, heißer Spätsommertag. Normalerweise hätte Karlotta sich heute wohl mit Calvin am Baggersee verabredet – oder mit Viktoria im Schwimmbad. Aber ausgerechnet diese beiden wollen ja nichts mehr von ihr wissen. Wenn sie daran denkt, kommen ihr sofort wieder die Tränen.

Sie muss jetzt mit jemandem reden! Karlotta holt das Telefon und setzt sich auf den Balkon. Es ist zu heiß in der Sonne, sie muss den Sonnenschirm aufspannen. Selmas Telefonnummer in Berlin kennt sie längst auswendig. Doch bei Lotfis geht wieder mal nur der Anrufbeantworter ran. Wo stecken die nur dauernd?

Dann bekommt Selma jetzt eben eine Mail. Karlotta geht wieder nach drinnen und macht den Computer an.

An: ‹Selma Lotfi› SelmaLuftgeist@planet-earthlink.de
Von: ‹Karlotta› Kaos.Karlo@Sternenweb.de
Betreff: ???ratlos???
Datum: Mon, 18 Aug 2003 13:15:29 +0200

Liebe Selma,
kann ich zu euch nach Berlin kommen?

Obwohl – ich fürchte, das ist nicht weit genug weg. Ich muss meinen Vater wohl oder übel überreden, noch diese Woche mit uns nach Australien auszuwandern. In die Schule kann ich jedenfalls nicht mehr gehen. Nie mehr! Eher hacke ich mir ein Bein ab!

Heute bin ich schon früher nach Hause gegangen, weil ich es einfach nicht mehr ausgehalten habe, wie sie mich alle angestarrt haben.

Die ganze Klasse hält mich für eine Diebin. Sogar Calvin.

Dabei habe ich dieses verdammte Medaillon wirklich nur gefunden. *Na gut, dann habe ich ziemlich lange vergessen, es abzugeben. Leider hat Viktoria – du weißt schon, die Neue bei uns in der Klasse – es jetzt bei mir im Zimmer entdeckt. Es ist nämlich ihr Medaillon. Und jetzt erzählt sie überall herum, ich hätte es geklaut. Auch wenn es nicht stimmt, wie soll ich das beweisen? Da steht Viktorias Wort gegen meins.*

Aber das ist noch nicht einmal das Schlimmste: Calvin spricht auch nicht mehr mit mir. Er schaut mich nicht einmal mehr an. Ich habe am Samstag auf Viktorias Party Viktorias Bruder Emil geküsst. Und Calvin hat es gesehen.

Ach, Selma, ich bin so unendlich unglücklich! Und ich weiß wirklich nicht, was ich machen soll!

Immer, wenn ich es bei euch versuche, bist du nicht da.

Bitte ruf mich an! – Bald!
Ich muss wirklich dringend mit jemandem reden, der mir glaubt!
In großer Verzweiflung
Karlotta

Abends, als Selma zurückruft, liegt Karlotta schon wieder im Bett. Zum Glück hört sie das Telefon und wie ihre Mutter sagt: »Tut mir Leid, Selma, Karlotta schläft schon. Sie fühlt sich heute nicht besonders wohl. Könntest du vielleicht morgen noch mal …«

Karlotta stürzt zur Tür. »Ist das Selma?«

Ihre Mutter nickt und reicht ihr den Hörer. Karlotta nimmt das Telefon mit in ihr Zimmer und kuschelt sich wieder ins Bett.

»Was ist passiert?«, fragt Selma. »Wenn ich ehrlich bin, Karlotta, deine Mail war ein bisschen wirr … ich habe gar nicht verstanden, um was für ein Medaillon es eigentlich geht.«

Also erzählt Karlotta ihr alles von Anfang an. »Ganz schön verfahren, oder?«, fragt sie, als sie mit ihrer Geschichte fertig ist.

»Aber die Lösung ist doch ganz einfach«, sagt Selma nach kurzem Nachdenken. »Emil kann bestätigen, dass du dieses blöde Medaillon nicht klauen wolltest. Das soll er seiner Schwester sagen, und dann ist alles wieder geritzt.«

»Ja, super!«, sagt Karlotta. »Leider ist der Gute gestern nach Kanada abgedüst.«

»Mist!«, sagt Selma. »Trotzdem. Die müssen doch auch in Kanada Telefon haben, oder wohnt er dort in einem Wigwam ohne Strom und Telefon?«

»Und wie kriege ich, bitte schön, Emils Telefonnummer heraus?«, fragt Karlotta.

»Du rufst einfach bei dieser Viktoria …«

»Vergiss es«, unterbricht Karlotta ihre Freundin. »Was ich auf gar keinen Fall tun werde, ist, bei Viktoria anzurufen!«

»Na gut, dann rufe ich eben an«, schlägt Selma vor. »Gib mir mal die Nummer.«

»Das würdest du echt tun?«, fragt Karlotta begeistert.

Sie steht sofort auf und holt das Telefonbuch. Dann macht sie die Zimmertür wieder hinter sich zu.

»Aber was willst du denn sagen?«, fragt sie, während sie blättert und »Becker« sucht.

»Das ist ja wirklich nicht sehr schwer«, findet Selma. »Ich bin eine Freundin von Emil – und der Rest fällt mir dann schon ein. Ob ich heute noch …?«

Karlotta schaut auf ihren Wecker. Halb elf. »Lieber nicht, sonst machst du so einen schlechten Eindruck, dass sie dir Emils Nummer gar nicht geben. Dreiundachtzig fünf siebzehn neun – das ist die Nummer von Beckers.«

»Okay, dann rufe ich morgen Nachmittag bei Beckers an und anschließend sofort bei dir.«

»Selma, du bist ein echter Schatz!«, seufzt Karlotta. »Was würde ich nur ohne dich anfangen?!«

»Ja, das weiß ich ehrlich gesagt auch nicht!«, sagt Selma, und sie klingt sehr zufrieden mit sich. »Gehst du morgen wieder in die Schule?«

»Nicht, wenn ich es vermeiden kann«, antwortet Karlotta. Aber nach diesem Telefonat geht es ihr gleich schon wieder viel besser.

Die Aussprache

Es fällt Karlotta am nächsten Morgen nicht schwer, ihre Eltern davon zu überzeugen, dass sie noch mal einen Tag zu Hause bleiben muss. Zumal ihr Vater ein richtig schlechtes Gewissen hat, weil er sie gestern gezwungen hat, in die Schule zu gehen, obwohl sie ja morgens schon gesagt hatte, dass es ihr nicht gut geht. Außerdem sieht sie tatsächlich immer noch ziemlich blass aus.

Nach dem gestrigen Telefonat mit Selma ist Karlotta wieder ein wenig zuversichtlicher. Auswandern muss sie jetzt voraussichtlich wohl doch nicht. Und die Angelegenheit mit Viktoria lässt sich mit Selmas Hilfe vielleicht sogar ganz einfach wieder in Ordnung bringen.

Aber das mit Calvin? Wie soll sie das nur wieder ins Lot kriegen?

Das bereitet ihr ziemliches Kopfzerbrechen. Was die Sache mit Calvin angeht, ist ihr nämlich noch gar nichts Rettendes eingefallen. Sie hat keine Ahnung, wie sie Calvin das erklären oder wie sie ihn wieder versöhnen könnte. Diesen verdammten Kuss kann sie einfach nicht mehr zurücknehmen. Egal, wie sehr sie sich das auch wünscht. Wenn sie wenigstens mal irgendwo ungestört mit Calvin alleine reden könnte!

In der Schule, wo jeder zuhört, geht das nicht. Und einfach bei ihm klingeln?

Das traut sie sich nicht.

Karlotta wärmt sich den Rest Gemüseauflauf von gestern auf. Dann setzt sie sich auf den Balkon, legt die Füße aufs Geländer und liest. Besonders gut konzentrieren kann sie sich allerdings nicht. Andauernd schaut sie auf die große Küchenuhr.

Selma müsste doch jetzt bald mal anrufen!

Doch statt des Telefons klingelt es an der Tür.

Wahrscheinlich der Paketbote, denkt Karlotta und zieht sich rasch ein T-Shirt über den Bikini.

Vor der Tür steht Calvin.

»Du?«, fragt Karlotta ehrlich überrascht. Sie wird rot.

»Kann ich reinkommen?«, fragt Calvin.

Karlotta tritt zur Seite. »Ja, klar.« Sie macht die Tür hinter Calvin zu und bleibt zunächst einen Moment unsicher im Flur stehen.

Calvin reicht ihr einen Zettel. »Ich hab dir die Hausaufgaben mitgebracht«, sagt er verlegen.

»Danke.« Karlotta nimmt den Zettel und schaut drauf, ohne wirklich zu sehen, was da steht. Schließlich fragt sie: »Kommst du mit auf den Balkon?«

Calvin zuckt mit den Schultern, was wohl so viel heißt wie »ja«.

»Bist du wieder gesund?«, fragt er, als sie beide draußen unter dem großen Sonnenschirm stehen.

»Hm, ja. Fast.«

»Kommst du morgen wieder zur Schule?«

»Ich weiß noch nicht«, antwortet sie und zwirbelt mit dem Zeigefinger ihre Haare. Da hat sie sich so sehr gewünscht, Calvin irgendwo alleine zu erwischen, und jetzt, da er endlich hier ist, weiß Karlotta nicht mehr, was sie zu ihm sagen soll. Beziehungsweise, sie weiß zwar genau, was sie ihm sagen möchte, doch sie weiß nicht, wie sie anfangen soll. Früher war es so viel unkomplizierter, mit Calvin zusammen zu sein.

Calvin nimmt die Mineralwasserflasche in die Hand und studiert interessiert das Etikett.

»Calvin ich … es tut mir Leid …«, fängt Karlotta an.

Im gleichen Moment stellt Calvin die Flasche auf den Tisch zurück und sagt: »Karlotta, ich wollte dir sagen …«

Sie brechen beide ab, als sie hören, dass der andere auch angefangen hat zu sprechen.

»Du zuerst«, sagt Calvin.

Normalerweise hätte Karlotta jetzt widersprochen und verlangt, Calvin solle anfangen. Aber sie will es rasch hinter sich bringen.

»Calvin, es tut mir Leid, was am Samstag passiert ist. Ich kann gar nicht erklären, wieso ich Emil geküsst habe … ich …« Sie zuckt hilflos mit den Schultern. »Ich weiß auch nicht.«

»Bist du in Emil verliebt?«, fragt Calvin leise.

»Darüber habe ich lange nachgedacht«, antwortet Karlotta.

»Und?«, fragt Calvin gepresst.

Karlotta schüttelt den Kopf. »Ich glaube nicht.«

»Echt nicht?«, fragt Calvin nach.

Karlotta kreuzt den Mittelfinger über den Zeigefinger

und den Ringfinger über den kleinen Finger und legt die Hand dann aufs Herz.

»Echt nicht«, wiederholt sie diesmal mit mehr Überzeugung. »Außerdem ist er ja am Sonntag sowieso für ein halbes Jahr nach Kanada geflogen.«

Calvin sieht erleichtert aus.

»Und was ist jetzt mit uns?«, fragt er.

»Ich weiß es nicht«, antwortet Karlotta wahrheitsgemäß. Auf einmal laufen ihr die Tränen die Wangen hinunter.

»Was ich aber genau weiß, ist, dass ich es nicht aushalte, wenn wir so streiten und dann nicht mehr miteinander reden«, schluchzt sie. »Ich war so traurig die letzten beiden Tage. Du hast mir so gefehlt, Calvin!«

Calvin geht auf Karlotta zu, und sie fallen sich in die Arme.

»Du mir auch«, flüstert er.

Sie stehen lange beisammen und halten sich nur fest. Dann holt Calvin ein Taschentuch aus seiner Hosentasche und wischt Karlotta die Tränen weg.

»Ich will dich einfach nicht verlieren, Karlotta«, sagt er.

»Ich dich doch auch nicht«, sagt Karlotta.

Eine Weile halten sie sich nur im Arm, ohne etwas zu sagen.

Karlotta ist so froh, dass sie offenbar für Calvin auch wichtig ist und dass er unter ihrem Streit auch gelitten hat. Wenn ihm aber wirklich so viel daran liegt, sie nicht zu verlieren, kann sie ihm ja vielleicht doch einfach sagen, dass …

Sie fasst sich ein Herz. »Trotzdem – Calvin, ich glaube, es ist besser, wenn wir einfach nur befreundet sind …«, sagt sie dann leise. »So wie früher, weißt du?«

»Willst du jetzt doch Schluss machen?«, fragt Calvin entsetzt und weicht einen Schritt zurück.

»Nein, das nicht …«

Karlotta weiß nicht genau, wie sie Calvin das erklären soll, worüber sie heute fast den ganzen Vormittag nachgedacht hat.

»Ich will nicht Schluss machen«, versichert Karlotta. »Schluss machen würde ja bedeuten, dass ich dich nicht mehr so gern hab wie vorher. Aber so ist das nicht. Du bist mir einer der wichtigsten Menschen überhaupt …« Karlotta stockt, als sie Calvins erleichterten Blick sieht, denn so hat sie es nun auch wieder nicht gemeint.

»Calvin, ich fand es so viel einfacher zwischen uns früher, bevor wir miteinander gegangen sind, als wir einfach nur miteinander befreundet waren.« Sie schaut Calvin forschend an, ob er diesmal versteht, wie sie es meint. »Ich will, dass wir wieder so gute Freunde und Kumpels sind wie früher!«

Calvin senkt den Blick. »Das läuft ja dann aufs selbe raus wie Schluss machen«, sagt er düster.

»Gar nicht!«, widerspricht Karlotta bestimmt. »Schluss machen bedeutet: Aus, wir sehen uns nicht mehr, machen nichts mehr zusammen … Aber ich will dich ja ganz oft sehen, und ich will viel mit dir zusammen machen!«

»Aber eben nicht mehr küssen«, ergänzt Calvin und lächelt traurig.

Karlotta sagt nichts. Das stimmt. Nicht mehr küssen.

Da fällt ihr noch etwas anderes ein, was sie auch noch loswerden muss, damit wieder reiner Tisch zwischen ihnen ist.

»Als ich dich am Samstag abgeholt habe, habe ich zufällig

gehört, was du Linus am Telefon erzählt hast …«, beginnt Karlotta vorsichtig.

Jetzt wird Calvin rot. »Du hast mich belauscht!«

»Ein bisschen«, gibt Karlotta zu.

Sie starren sich einen Moment lang feindselig an, und die Vertrautheit von eben ist sofort wieder verflogen.

»Wieso erzählst du Linus solche Dinge?«

»Was für Dinge?«, fragt Calvin, obwohl Karlotta ihm ansehen kann, dass er genau weiß, wovon sie spricht.

»Du weißt schon – wie wir uns geküsst haben und so«, sagt Karlotta leise.

Calvin beugt sich über das Balkongeländer und schaut hinunter auf den Rasen, als ob er die Gänseblümchen darin zählen will. Aber er sagt nichts.

Karlotta sieht ihn unverwandt an.

»Und?«, fragt sie schließlich, als ihr sein Schweigen zu lang wird.

Calvin zuckt hilflos mit den Schultern. »Linus hat eben gefragt«, antwortet er dann ziemlich lahm.

»Ach so, du erzählst also immer alles, wonach man dich fragt?«

»Nein, Quatsch. Natürlich nicht«, widerspricht Calvin. »Aber weißt du … irgendwie … Na ja, *alle* reden darüber, was sie mit ihren Freundinnen machen. Und die, die keine haben – so wie Linus –, wollen das erst recht genau wissen. Klar, das ist keine Entschuldigung, ich weiß.«

Calvin beobachtet den Marienkäfer, der am Balkongeländer entlangkrabbelt.

Karlotta sagt wütend: »Das war echter Verrat, Calvin!«

»Okay – es war scheiße«, sagt Calvin schließlich zerknirscht. »Geb ich ja zu!«

Karlotta nickt. Dann fällt ihr Emil und der Kuss ein. Ihre Wut auf Calvin verraucht wieder etwas, und sie wird rot. »War es – genau wie es scheiße war, dass ich Emil geküsst habe.«

Calvin grinst schief. »Quitt?«, fragt er dann.

»Okay. Gewissermaßen«, sagt Karlotta und grinst ebenfalls.

Calvins Blick wandert zu Karlottas Lippen. »Aber müssen wir wirklich aufhören, uns zu küssen?«, fragt er. »Ich fand das so schön mit dir …«

»Wenn du darüber jedes Mal einen genauen Bericht an deine Kumpels lieferst …«, antwortet sie.

»Und wenn nicht?«, fragt er hoffnungsvoll.

Karlotta zuckt mit den Schultern. »Calvin, ich hab dir doch eben erklärt, dass ich nicht mit dir gehen, sondern wieder mit dir befreundet sein will …«, wiederholt sie ein bisschen ungeduldig.

Calvin sieht sie schweigend an.

»Na gut«, sagt er schließlich. »Ich will dich nicht drängen. Dann muss ich das wohl so akzeptieren. Hauptsache, wir vertragen uns wieder!«

Karlotta nickt.

Nach einem Augenblick fügt er hoffnungsvoll hinzu: »Aber vielleicht überlegst du dir das ja auch noch mal?«

Karlotta sagt nichts dazu. Trotzdem fühlt sie sich auf einmal so leicht, als ob die ganzen Felsbrocken in ihrem Magen sich auf einmal in Luftballons verwandelt hätten. Sie holt noch ein Glas aus der Küche und gießt beide Gläser voll mit kalter Cola.

»Darauf müssen wir trinken!«, sagt sie.

Sie stoßen an und trinken die Gläser dann in einem Zug leer. Prompt bekommt Karlotta einen Schluckauf.

»Eins – hicks – will ich aber noch wissen«, sagt Karlotta. »Hicks – glaubst du wirklich wie – hicks – der Rest der Klasse, dass ich das – hicks – Medaillon von Viktoria klauen – hicks – wollte?«

Karlotta hält die Luft an, damit der Schluckauf weggeht.

Calvin schaut sie völlig verständnislos an. »Welches Medaillon? Wer glaubt, dass du was geklaut hast? Ich weiß wirklich nicht, wovon du redest.«

»Aber Viktoria – hicks – hat doch in der ganzen Klasse herumerzählt, dass ich ihr – hicks – blödes Medaillon geklaut habe«, sagt Karlotta und hält dann wieder die Luft an.

Calvin schüttelt den Kopf. »Es stimmt zwar, dass Viktoria jetzt auf einmal so ein protziges Medaillon um den Hals hängen hat. Aber wieso sollte sie behaupten, dass du es geklaut hast?«

»Hat sie nicht?«, fragt Karlotta überrascht.

Calvin schüttelt den Kopf. »Nö. Aber sie hat sich heute ehrlich gesagt schon ziemlich aufgespielt. Sie hat mir den Zettel mit den Hausaufgaben in die Hand gedrückt und behauptet, sie als stellvertretende Klassensprecherin müsse dafür sorgen, dass auch kranke Mitschüler ihre Hausaufgaben machen können. Und weil sie selbst keine Zeit hätte, sie dir zu bringen, hat sie mich ausgesucht …«

Calvin grinst. »Ausgerechnet! Aber jetzt, im Nachhinein, bin ich doch froh darüber!«

Karlotta versteht nur Bahnhof.

Viktoria hat Calvin hierher geschickt?

Viktoria hat also nicht behauptet, dass sie eine Diebin sei?

Und warum waren dann am Montag auf einmal alle so seltsam zu ihr?

Das Telefon klingelt. Das ist bestimmt Selma mit der Telefonnummer.

Aber eines muss Karlotta Calvin jetzt erst noch fragen: »Und wieso war Celina dann gestern so grantig zu mir?«

Calvin zuckt mit den Schultern. »Keine Ahnung. Da musst du sie schon selbst fragen. Ich bin doch kein Hellseher!«

Das Telefon klingelt immer noch. Karlotta rennt nach drinnen in den Flur und hebt ab.

»Selma?«, fragt sie atemlos.

»Wer sonst! Mann, ich dachte schon, du bist nicht da«, schimpft Selma. »Ich hab sie! Schreib auf …«

Karlotta notiert sich Emils Nummer in Kanada.

»Es war ganz einfach«, erzählt Selma. »Ich …«

»Selma, ich kann jetzt schlecht telefonieren«, flüstert Karlotta in den Hörer. »Calvin ist gerade da. Ich ruf dich heute Abend an, okay?«

»Okay!«, sagt Selma sofort. »Viel Glück. – Und viele Grüße!«

»Werde ich ausrichten!«, verspricht Karlotta.

Sie geht zurück auf den Balkon. »Viele Grüße von Selma.«

»Danke«, sagt Calvin. »Geht es ihr gut?«

»Glaub schon. Ich ruf sie heute Abend noch mal an.«

Es klingelt schon wieder. Diesmal an der Haustür.

»Hier geht es ja zu wie im Taubenschlag«, findet Calvin.

Karlotta geht zur Tür. Es ist Viktoria.

Sie trägt wirklich dieses verflixte Medaillon – wie Calvin gesagt hat. Viktoria fasst mit der Hand nach dem Anhänger, als wolle sie sich daran festhalten.

»Karlotta«, sagt sie, ehe Karlotta auch nur »hallo« sagen kann. »Tut mir Leid, dass ich vorgestern hier einfach so weggerannt bin. War echt albern von mir. Das wollte ich dir eigentlich schon gestern in der Schule sagen, aber da warst du ja so schnell wieder weg, dass ich gar nicht dazu gekommen bin.«

Sie holt tief Luft. »Es war blöd von mir zu behaupten, du hättest mein Medaillon absichtlich behalten. Das habe ich auch nie wirklich geglaubt. Ehrlich nicht! Ich war nur so erleichtert, dass ich es wiederhabe, und so wütend, weil ich es verloren hatte …« Sie hebt hilflos die Schultern. »Es tut mir wirklich sehr Leid, Karlotta!«

»Und mir tut es Leid, dass ich den Anhänger einfach vergessen und nicht abgegeben habe«, sagt Karlotta.

Eigentlich müsste sie sich ja auch bei Viktoria entschuldigen. Dafür, dass sie tatsächlich geglaubt hat, Viktoria hätte sie in der Klasse verleumdet. Aber davon weiß Viktoria ja glücklicherweise gar nichts. Und jetzt, wo alles wieder in Butter zu sein scheint, will Karlotta keine schlafenden Hunde wecken.

»Aber wieso hast du mir nie erzählt, dass dein Vater gestorben ist?«, fragt Karlotta.

Viktoria laufen zwei dicke Tränen über die Wange. »Das

hat nichts damit zu tun, dass ich kein Vertrauen zu dir habe«, versichert sie und wischt sich die Tränen mit einer energischen Geste weg. »Aber du siehst ja selbst, wenn ich nur dran denke, muss ich wieder heulen!«

Karlotta nimmt Viktoria in den Arm. »Aber das macht doch nichts«, sagt sie.

»Hm«, macht Viktoria.

Nach einer Weile schiebt sie Karlotta weg, kramt in ihrem Rucksack nach einem Taschentuch und putzt sich die Nase.

»Ich bin froh, dass du gekommen bist!«, sagt Karlotta. »Und danke, dass du Calvin hier vorbeigeschickt hast!«, fügt sie leise hinzu.

Viktoria grinst. »Irgendwer musste doch dafür sorgen, dass ihr mal wieder miteinander redet. War er schon da?«

»Er ist immer noch da«, antwortet Karlotta. »Auf dem Balkon.«

»Oh, dann störe ich sicher …«, sagt Viktoria.

»Quatsch!«, widerspricht Karlotta. »Wir haben ja schon eine ganze Weile geredet.« Sie zieht Viktoria in die Wohnung. »Komm ruhig rein.«

Karlotta macht die Tür hinter Viktoria zu und schiebt sie vor sich her, durch den Flur und die Küche in Richtung Balkon.

»Wir haben Sonntagnacht noch mit Emil telefoniert«, berichtet Viktoria. »Er hat von Vancouver Airport aus angerufen, um zu sagen, dass er gut angekommen ist. Viele Grüße und Küsse soll ich dir bestellen. Er hat mich auch gleich gefragt, ob ich meinen Anhänger wiederhabe. Du hast es ihm ja am Samstag schon erzählt …«

Karlotta nickt. »Ja, aber dann ging plötzlich alles drunter und drüber und …« Karlotta steigen die Tränen in die Augen.

Viktoria wechselt schnell das Thema. »Dann bist *du* also der Geist vom Friedhof!« Sie lacht. »Du ahnst gar nicht, was für einen Schrecken du mir eingejagt hast.«

»Doch!«, sagt Karlotta. »Ich bin ja selbst gerannt, als wenn ein ganzes Gespensterheer hinter mir her wäre …«

Sie sind mittlerweile auf dem Balkon angelangt, und Calvin hat die letzten beiden Sätze gehört.

»Abergläubisches Weibsvolk!«, sagt er.

»Hey!«, sagt Karlotta warnend und ballt schon die Faust, um ihn zu boxen.

»Pass bloß auf!«, droht auch Viktoria lächelnd und stellt sich neben Karlotta.

»Ich war noch nie mit zwei so hübschen Geistern schwimmen«, sagt Calvin und rettet mit diesem nett verpackten Kompliment die Situation wieder. »Was ist, wollen wir zusammen zum Badesee?«

»Gute Idee!«, findet Karlotta.

»Als hätte ich es geahnt«, sagt Viktoria und deutet auf ihren Rucksack. »Ich habe sogar Badesachen mit!«

»Aber erst noch ein Gruppenbild!« Karlotta geht in ihr Zimmer und holt ihre alte Polaroidkamera. Sie legt den Fotoapparat auf den Tisch und stellt den Selbstauslöser ein. Dann quetscht sie sich zwischen Viktoria und Calvin, legt ihnen die Arme um die Schultern und ruft: »Jippie!«

Unter dieses Foto schreibt sie: *Ich mit 2 meiner 3 besten Freunde!*